O caminho de volta

PALOMA WEYLL

O caminho ← de volta

Labrador

© Paloma Weyll, 2025
Todos os direitos desta edição reservados à Editora Labrador.

Coordenação editorial Pamela J. Oliveira
Assistência editorial Leticia Oliveira, Vanessa Nagayoshi
Direção de arte e capa Amanda Chagas
Projeto gráfico Vinicius Torquato
Diagramação Nalu Rosa
Preparação de texto Dalila Jora
Revisão Gleyce F. de Matos

Dados Internacionais de Catalogação na Publicação (CIP)
Jéssica de Oliveira Molinari - CRB-8/9852

Weyll, Paloma
    O caminho de volta / Paloma Weyll.
São Paulo : Labrador, 2025.
192 p.

ISBN 978-65-5625-861-4

1. Ficção brasileira 2. Mulheres 3. Amizade I. Título

25-1309   CDD B869.3

Índice para catálogo sistemático:
1. Ficção brasileira

Labrador

Diretor-geral Daniel Pinsky
Rua Dr. José Elias, 520, sala 1
Alto da Lapa | 05083-030 | São Paulo | SP
contato@editoralabrador.com.br | (11) 3641-7446
editoralabrador.com.br

A reprodução de qualquer parte desta obra é ilegal e configura uma apropriação indevida dos direitos intelectuais e patrimoniais da autora. A editora não é responsável pelo conteúdo deste livro.
Esta é uma obra de ficção. Qualquer semelhança com nomes, pessoas, fatos ou situações da vida real será mera coincidência.

Para todas as mulheres que, mesmo quando se sentiram perdidas, jamais desistiram de si.

1

Uma lágrima solitária escorria por seu rosto enquanto o céu, pintado em tons alaranjado e rosa, anunciava o nascer do sol, que surgia timidamente no horizonte. Não importa onde estivesse, aquele horário sempre teria voz e cheiro. Fechou os olhos tentando resgatar as memórias que ficavam cada vez mais distantes e sentiu dificuldade em respirar.

Ignorou a vaga exclusiva a que tinha direito e estacionou em uma área afastada, encoberta pela castanheira centenária. O local ficava sempre vazio naquela época do ano em que os frutos caíam certeiros em qualquer ser que ousasse cruzar seu caminho. Via de regra, Melissa evitava a sombra convidativa, porém problemática, mas não naquele dia. Fazia um tempo que se dava ao luxo de prejuízos estrategicamente calculados em troca de minutos de paz. E, naquele momento, nada era mais importante do que ficar invisível. Aproveitando-se da privacidade extra da película de segurança, não desligou o veículo. Deixou o vento fresco do ar-condicionado acariciar sua pele a ponto de cochilar por alguns minutos.

Ainda eram seis horas da manhã e estava prestes a encarar o segundo parto do dia quando o estrondo da castanha caindo sobre o capô salvou-a de entrar em sono profundo. Na tentativa de manter-se desperta a qualquer custo, sacudiu o rosto e permitiu-se bufar por entre os lábios, uma mania nada elegante para a mulher que se tornara, mas que fazia com frequência quando estava sozinha.

Não havia dormido muito na noite anterior. Os eventos sociais de Raul consumiam o seu pouco tempo livre. Desde que assumira o cargo de diretor na rede hospitalar do pai, há dois anos, o mundo do casal virou de cabeça para baixo. Os encontros e reuniões multiplicaram-se como um prenúncio do que seria a sua vida caso ele assumisse a presidência do grupo. A presença de Melissa em todos os eventos era recomendável, para não dizer obrigatória. Ser filho do principal acionista da mais importante rede hospitalar do Rio de Janeiro não garantia passe livre para o cargo, era necessário ganhar a confiança dos Conselheiros.

Contudo, apesar da vanguarda do grupo, que trazia para o Brasil os equipamentos e técnicas mais modernos disponíveis no mercado, a área corporativa era avessa a modismos, então passar a imagem de uma família tradicional e estável era essencial. Nenhuma falha de caráter, nenhum passado comprometedor, nenhuma pisada de bola, roupa perfeitamente alinhada. O histórico da família tinha de ser perfeito, e a deles tinha um *plus*: a impressionante trajetória da esposa do diretor. Nada vendia mais do que a história de uma menina do subúrbio do Rio, criada apenas pelo pai, que ingressou em uma das melhores universidades públicas do país, onde se formou como melhor aluna, destacando-se entre os demais alunos. Seu papel nessas reuniões era apenas um: sorrir. E, às vezes, contar, repetidamente, sobre seu feito impressionante.

Melissa não se importava em desfilar ao lado do marido. Julgava-se merecedora dos olhares que atraía, inclusive das mulheres. Tinha orgulho em provar que era possível conquistar tudo: o marido perfeito, uma família, uma carreira bem-sucedida, sem descuidar do corpo e da aparência. Dizia que o segredo não era mágica, mas persistência, com pitadas de sacrifício. Não era simples sair da Zona Norte do Rio e chegar à Zona Sul. Mas, ainda assim, com todas essas conquistas, ela se sentia estranha. Depois de tantos anos, ainda não sabia dizer se de fato pertencia àquele mundo ou se era incluída nele graças ao seu passe VIP, como ouvira a esposa de um dos executivos do hospital dizer.

Conheceu Raul na Faculdade de Medicina, na Universidade Federal do Rio de Janeiro, quando o herdeiro foi monitor na aula de anatomia. A vida deles não podia ser mais discrepante. Ela chegava na faculdade depois de pegar três conduções diferentes, enquanto ele ia de motorista. Ela estava sempre suada, com os cabelos cacheados sempre desalinhados e presos no alto da cabeça; ele, fresco, exalando um cheiro que lembrava um misto de madeira e terra molhada. Ela disputava os poucos livros da biblioteca, enquanto ele comprava todos os recomendados. O único elo em comum eram as notas, já que ambos eram os melhores em seus respectivos anos e, por isso, Melissa nunca interagiu com ele, já que a atenção do rapaz era disputada pelos alunos com dificuldade na matéria ou pelas meninas que ficavam encantadas por aquele aluno bonito, cercado de mistérios.

Se não fosse o clima implacável no verão no Rio de Janeiro e a falta de luz na biblioteca do complexo universitário, eles não teriam trocado as primeiras palavras. Quando a escuridão tomou conta do local, homens trajando terno preto surgiram ao lado de Raul, igualzinho àqueles filmes de ação, e o escoltaram para fora do recinto. Sozinha, sem enxergar um palmo à frente do nariz e aproveitando as pequenas brechas de claridade dos raios que caíam, ela confiou no tato para recolher seus pertences e forçou a vista na tentativa de identificar outros alunos na mesma situação.

Naquela época não havia celulares com lanternas. Um certo tempo se passou até que a bibliotecária aparecesse iluminando, com uma lanterna comum e duas velas, um pequeno trajeto que levava às escadas por onde os poucos estudantes seguiram em fila indiana. A descida foi lenta. Ainda que o trajeto fosse um velho conhecido de todos, já que os elevadores nem sempre funcionavam, o breu os fazia vacilar a cada pisada. Melissa apoiava-se na parede, equilibrava todo seu corpo sobre uma perna e avançava apenas quando sentia o próximo degrau firme sob seu pé.

Demorou até que todos estivessem do lado de fora, e apenas quando pôde sentir o vento forte em seu rosto, deu-se conta de que prendia o ar. Ficou confusa quando os poucos alunos começaram a se dispersar, como se soubessem que protocolo seguir em uma situação como aquela, e a porta do prédio principal fechou. Incerta, pensou em correr até o ponto de ônibus, mas hesitou, temendo que o local já estivesse tomado pela água que jorrava do céu sem piedade. Ao perceber que estava sozinha e sem alternativas, arrependeu-se de ter ficado na faculdade até tarde. De repente, a ideia de estudar em casa, enquanto a filha de sua madrasta treinava para ser uma das garotas do Furacão 2000, não pareceu tão ruim.

Sentiu um calafrio percorrer a pele. Não sabia se por conta do frio que afligia seus braços desnudos ou por conta da situação em que se encontrava. Histórias bizarras sobre aquele lugar circulavam com regularidade, sempre com alertas para que as mulheres evitassem andar sozinhas por aquelas bandas à noite.

A golfada de ar gelado passava em alta velocidade por entre as frestas da antiga construção, fazendo um barulho típico de filmes de terror. Insegura, Melissa buscou proteção atrás de uma grossa pilastra e olhou para o céu escuro tentando encontrar alguma pista sobre quando aquele temporal iria passar. Por isso, não percebeu quando uma mão gelada tocou seu ombro.

— Ahhh! — gritou a plenos pulmões e, de forma defensiva, ergueu os braços em uma débil tentativa de se proteger.

— Eu não quis te assustar — desculpou-se uma voz masculina.

Ainda apreensiva, mas com dificuldade em sustentar os livros, uma vez que todo o seu corpo tremia, Melissa abriu os olhos e, ao confirmar a identidade do homem, suspirou aliviada, liberando um pouco da tensão acumulada.

Raul observou com curiosidade aquela menina que pouco interagia com os demais colegas e perguntou:

— Você tem como voltar para casa?

— Oi?

Estava complicado escutar, Melissa ainda sentia um pequeno zumbido no ouvido, típico de quando passava por situações de grande tensão. Um suor gelado começou a descer por seu pescoço, molhando sua blusa, e sua visão ficou ligeiramente turva. Ela conhecia aqueles sintomas. Com medo de desmaiar, encostou-se na pilastra e esforçou-se para controlar a respiração, que ainda estava acelerada.

— Como você vai voltar para casa nessa chuva? — repetiu o rapaz, preocupado com a palidez de seu rosto.

Para manter o equilíbrio, Melissa deixou os livros caírem no chão. Com os olhos fechados, respondeu com esforço:

— De ônibus. Assim que a chuva passar.

— Disseram que o nível da água está subindo rápido e que é questão de minutos para tudo ficar alagado. Quer uma carona? — ofereceu, enquanto se agachava para recolher os livros que começavam a molhar.

Surpresa pela oferta, e dando-se conta de que ficaria isolada naquele local ermo, pensou em aceitar. Contudo, ao lembrar-se de que mal conhecia aquele rapaz, optou por declinar.

— Tem certeza? Não sei se os ônibus manterão seus horários.

Ela sentiu um aperto no peito e sua respiração voltou a ficar irregular. Raul tinha razão, estava sem alternativas. Ficar desacompanhada em um lugar como aquele ou entrar no carro de um desconhecido? Olhou para os homens trajando roupas idênticas, milimetricamente arrumadas, parados logo atrás do seu monitor, e perguntou desconfiada:

— Quem são eles?

Sem entender, Raul acompanhou seu olhar até se dar conta do que ela se referia.

— Ah! São os meus seguranças.

— E por que você precisa de segurança? — perguntou com a voz saindo mais ríspida do que deveria. A única pessoa conhecida que andava com homens ao redor, só que armados, era o encarregado de coletar a taxa de segurança do bairro onde morava.

— Meu pai foi sequestrado ano passado — esclareceu. — Ele está bem — tranquilizou-a ao notar a cara de espanto de Melissa. — Mas, desde então, eu tenho de andar com eles. Espero que não tenham te assustado.

Melissa virou-se e voltou a analisar a chuva, como uma cientista que busca evidências, uma amostra fora do padrão que resolva o dilema que irá salvar a humanidade. Só que ela não era cientista. Tampouco entendia sobre meteorologia. Após alguns segundos, perguntou:

— Para que lado você mora?

— Zona Sul.

Claro, Zona Sul, pensou Melissa. Onde mais um rapaz como aquele moraria. A Zona Sul concentrava o metro quadrado mais caro da cidade. Quiçá do país. Era lá que todos os ricaços e artistas gostavam de morar. Era a região mais bonita e que, por isso mesmo, recebia a maior parte dos investimentos. Aquela pequena parte, com seu famoso calçadão, povoava o imaginário de turistas que sonhavam em conhecer o Rio de Janeiro um dia.

Já a Zona Norte, era o Rio raiz. Berço do samba, da música, das gírias. Não seria ousado dizer que a Zona Norte era a alma daquela cidade, mas que só não levava a fama. Todo seu talento era exportado para ser consumido em um local mais aprazível; afinal, lá não tinha praia, calçadão, prédios bacanas. Os investimentos não chegavam tão fácil por lá e, em algumas regiões, a polícia mal conseguia entrar. Ainda que Raul fosse carioca, Melissa duvidava que ele tivesse colocado os pés por lá. Por isso, ao ouvir sua resposta, e já conformada, apenas disse:

— Se você me deixar no metrô de Copacabana, já é de grande ajuda.

— Tem certeza? Eu posso te deixar em casa. Não tem problema nenhum.

— Se essa chuva estiver caindo onde eu moro, só chego em casa nadando.

Todo o glamour e atenção que ela recebia por ser casada com uma pessoa cada vez mais influente tinha seu preço. Eles já não eram dois jovens compartilhando o sonho de praticar uma medicina altruísta. As coisas não funcionavam assim no mundo dos adultos. Quando o grande dia chegasse, e ele fosse eleito presidente do grupo, Melissa teria de reduzir o ritmo de trabalho.

Raul, que tinha se especializado em pediatria, trabalhou pouquíssimo na área. Tão logo terminou a residência, foi destacado pelo pai para acompanhar os médicos mais experientes no atendimento das famílias abastadas da sociedade carioca. Melissa percebeu como o brilho dos seus olhos foi minguando, mas ele nunca reclamou ou sequer contestou o plano que o pai traçara para a sua vida. Ele sabia que era questão de tempo para que o filho único herdasse o legado do pai, como se o seu destino estivesse cravado em pedra e não houvesse nada que pudesse fazer para mudar.

Depois de casados, enquanto Melissa dobrava nos plantões e emendava cursos de especializações, Raul seguia um ritmo cada vez mais burocrático, e parecia nutrir-se das histórias que a esposa contava, sobretudo sobre os partos improvisados nos hospitais públicos que dispunham de poucos recursos. Os olhos rasos, não compatíveis com a animação da sua voz, entregavam um pouco da frustração por aquilo que ele tanto quis, mas nunca viveu.

Desde que se especializou em obstetrícia, trazer crianças ao mundo, da forma mais natural possível, era a grande paixão de Melissa, mas agora isso era um dilema. Era impossível definir o horário exato em que uma criança nasceria, pelo menos da forma natural. A sociedade moderna estava tão habituada a partos agendados que toda uma indústria se formara ao redor, com salas exclusivas e caríssimas, oferecidas por redes hospitalares, como a do seu sogro, onde um pequeno grupo podia assistir ao parto ao vivo, separado apenas por uma fina lâmina de vidro, que dava a sensação de que o convidado estava ali, na sala de cirurgia junto à parturiente. Como uma dança ensaiada, uma técnica em enfermagem sinalizava com discrição o exato momento em que o bebê era removido da barriga da mãe e o *concierge* se encarregava de estourar uma garrafa de champanhe Louis Roederer, conferindo ao momento a emoção e o glamour desejados. Enquanto os convidados vibravam, abraçavam-se e distraíam-se com o pequeno buffet preparado para a ocasião, a mãe era submetida a uma infinidade de poses e fotos dos mais diversos ângulos enquanto seu ventre era costurado. Nada poderia ficar de fora, e um retoque de maquiagem poderia ser providenciado na velocidade da luz.

    Melissa não era contra a cesariana; inclusive, já tinha feito muitas quando o parto natural não era seguro para a mãe ou o bebê. O seu incômodo era que o parto havia se tornado um evento programado, deixando pouco espaço para o instinto. Como se não bastasse, havia também o terror que a mídia e as redes sociais incutiram nas mulheres: a ideia de que elas não eram capazes de parir de forma natural ou que seus corpos ficariam deformados — informações falsas que transformaram um ato cirúrgico de risco em um procedimento mais seguro e cômodo do que o parto natural.

Para Melissa, não existia nada mais belo do que os embalos do corpo sinalizando que uma vida estava pronta para encarar o novo mundo. As contrações, cada vez mais ritmadas, a bolsa estourando, o tampão saindo — nem sempre nessa ordem. A hora exata em que a mãe sabe ser necessário fazer uso da força, sem que nenhum médico precise interferir, como se ela estivesse em perfeita sincronia com a natureza e seus instintos ancestrais. Existia dor, não podia negar, mas também existia um ardor, uma emoção única no momento da expulsão, e o bebê era colocado sobre o colo da mãe, peito com peito, pele com pele. O choro de desespero, por ter saído de um lugar quentinho, calava-se ao sentir os batimentos da mãe, como que dizendo à criança: "Calma, eu ainda estou aqui". Era mágico. Essas fotos, desses momentos não ensaiados, quando o grito ainda rugia na garganta e o rosto lavado em lágrimas, eram as melhores, na sua opinião.

Mas não era o que seu sogro e marido pensavam. Parto natural não era rentável. Não trazia lucros. Mobilizava sala e recursos por um tempo muito longo. Ainda assim, Melissa resistia. Ela era a única profissional autorizada a realizar partos naturais naquele hospital, desde que não extrapolasse uma quantidade predeterminada e que os clientes tivessem dinheiro o suficiente para ter acesso à estrutura hospitalar quando a hora chegasse. Planos de saúde não eram aceitos. Para Melissa, fazer partos naturais era um privilégio. Tudo porque, pela primeira e única vez, seu marido afrontou a decisão do pai. Melissa nunca perguntou o motivo, tampouco agradeceu. Apesar de nunca conversarem sobre o tema, ela sabia que Raul se culpava por não ter permitido que o parto do filho deles fosse normal.

Quando seu celular tocou naquela madrugada, tinha dormido por míseras duas horas. Assustada, desativou a vibração e correu para fora do quarto com medo de acordar Raul, que dormia. Do outro lado da linha, Pâmela ofegava, informando que estava com três contrações ritmadas a cada quinze minutos. Melissa sabia que era hora de ir para o pequeno hospital na Zona Norte do Rio o mais rápido possível, já que era bem longe de onde morava, passando por uma das avenidas mais perigosas da cidade. Não dava tempo para avisar os seguranças. Ela quebraria a promessa mais uma vez. Mas, naquele momento, não existia espaço para o medo, arrependimentos ou movimentos ensaiados. Enquanto seu marido dormia, ela se permitia seguir o coração.

Ainda sentada no carro, Melissa retirou do pé a Crocs lilás que usava até então e calçou um scarpin azul-celeste, salto quinze, de grife, que ficava estrategicamente guardado atrás do banco para momentos como aquele, quando saía de casa sem tempo para se arrumar. No porta-luvas do carro, pegou os óculos escuros que cobriam quase todo seu rosto; riu ao lembrar do quanto detestara este artigo de luxo dado de presente pelo sogro, escolhido pela secretária, mas não demorou para descobrir a sua utilidade.

Ao sair do carro, sentiu o choque térmico por conta da alta temperatura, ainda que fosse cedo. Sua barriga roncou.

Questionou se haveria tempo para um café da manhã antes de trazer outra criança ao mundo ou se deixaria para depois. Não foi necessário refletir muito para resolver o dilema; era sempre arriscado adiar uma refeição, já que nunca sabia ao certo quanto tempo o parto duraria.

Apesar de ter uma sala exclusiva no último andar do hospital, com todas as comodidades possíveis, ela evitava utilizá-la quando estava naqueles trajes. Não gostava de ser vista assim, sem nenhuma armadura. Por isso, tentou dirigir-se sem alarde para o banheiro no final do lobby, que era pouco utilizado, mas o barulho dos saltos sobre o mármore preto que revestia o chão chamava a atenção de qualquer pessoa que estivesse por perto.

Aquele não era o hospital que ela escolheria para dar à luz, se pudesse. Nada contra a estrutura e os profissionais que eram de primeira, mas a tentativa de reproduzir o interior de um hotel de luxo não deu certo. Os pisos em mármore preto e as paredes revestidas com a mesma pedra em tonalidade marrom lhe causavam claustrofobia. Difícil se sentir otimista em um local assim, em especial quando o paciente lutava pela vida.

A suave luz no banheiro amenizava os problemas com o seu visual, porém dificultaria a vida de qualquer mulher que tentasse fazer uma maquiagem adequada. Contudo, ela estava acostumada a trabalhar em condições adversas. Virou-se de frente para o espelho e levantou os óculos para avaliar a sua situação: olheiras acentuadas, cabelos desalinhados, blusa amarrotada... Totalmente inadmissível. Olhou ao redor, para confirmar se estava sozinha e permitiu-se tirar os sapatos. Seria mais rápido se estivesse confortável, e sorriu ao sentir o gelado do piso em contato com a sua pele.

Remexeu a bolsa e retirou um pequeno arsenal de guerra: sabonete especial para o rosto, cremes, maquiagem, elástico para o cabelo. Com a maestria de quem já estava acostumada àquela rotina, prendeu o cabelo e lavou o rosto, suspirando com o alívio momentâneo causado pelo contato com a água fria. Aproveitou para refrescar um pouco do colo e das axilas, já que não se lembrava de ter usado desodorante antes de sair de casa. Secou-se com o papel toalha e aplicou um pouco do spray que levava consigo. Em seguida, com dedos ágeis, aplicou corretivo sob os olhos e uma camada de base logo depois.

A essa hora da manhã não seria recomendável utilizar muita maquiagem, por isso optou por algo simples e chique, o suficiente para causar uma boa impressão. Soltou os cabelos e avaliou o estrago. Ainda continha resquícios do gel que utilizara no penteado da noite anterior. Decidida a não lutar contra a realidade, prendeu seus longos cabelos artificialmente lisos em um coque e finalizou com um *hirauchi kanzashi*, acessório em prata com dois dentes e uma linda moldura circular plana que trouxe de uma viagem ao Japão.

Admirou-se no espelho e ficou satisfeita com o que viu, até seu olhar pousar sobre a blusa amarrotada. Vasculhou mais uma vez sua grande bolsa, rezando para que houvesse algo que ajudasse a disfarçar o inconveniente, e encontrou seu blazer preto de moletom, que sempre carregava para aquecê-la do ar-condicionado da sala dos médicos enquanto fazia horário entre cirurgias. Não era o adereço ideal para a ocasião, mas não causaria estragos na composição.

Já se preparava para sair, quando se lembrou de um pequeno detalhe. Mãos ágeis reviraram a bolsa e agarraram o pequeno frasco de seu perfume preferido, Romance, da

Ralph Lauren. Tomando cuidado para não deixar o cheiro muito forte, deu duas borrifadas no ar e passou por entre as pequenas gotículas que dançavam suspensas. Satisfeita e com um sorriso no rosto, calçou os sapatos e seguiu em direção ao quarto da sua ilustre paciente.

⚭

— Que horas você saiu de casa?

Ela teria se assustado com a voz de Raul se não tivesse previsto que isso aconteceria a qualquer momento. Hoje era o grande dia e o combinado era irem juntos para o hospital.

— Bom dia, amor, dormiu bem? — perguntou preocupada, mas feliz em vê-lo. Adorava aquele cheiro, uma mistura de pele, sabonete e loção pós-barba.

— Quando acordei, encontrei Camila na nossa cozinha preparando o café da manhã do Lucas — cochichou, despertando a culpa em Melissa. Ela tinha se comprometido a estar mais presente na rotina da casa. — Achei que viríamos para o hospital juntos. Você se esqueceu da apresentação? — A voz entrecortada e saindo através de um sorriso simulado deixava bem clara a sua tensão.

Sim, ela havia esquecido, e sentiu culpa por isso. O parto de Pâmela aconteceu três semanas antes do previsto, e ela não conseguiu pensar em uma justificativa para sua ausência com antecedência. Raul tolerava seu expediente no hospital da zona norte, mas saber que ela se arriscou dirigindo pela Avenida Brasil de madrugada sem segurança era inadmissível. Por isso, preferiu a meia verdade.

— A filha do ministro José Henrique entrou em trabalho de parto. Como eu sabia que essa manhã seria importante para você, saí de casa sem causar alardes. Mas deixei tudo organizado com a Camila. Houve algum problema? — perguntou, apegando-se à publicidade que a filha do ministro trouxe para o hospital e rezando para que a rotina matinal de Lucas tivesse funcionado.

Camila era a quarta babá em menos de dois meses. Ter alguém que se adaptasse e aceitasse ficar de sobreaviso para cobri-la não era nada fácil e, por isso, pagava peso de ouro.

— Não — respondeu, ao que Melissa suspirou aliviada. — Mas que horas você saiu de casa?

Optando por não divergir muito da história original, para não se enrolar, deu uma resposta genérica:

— Não me atentei ao relógio — mentiu, enquanto afagava o seu braço, controlando sua vontade de dar um abraço. — Só não sei se consigo assistir à sua apresentação. Você sabe como os partos são imprevisíveis.

O barulho de passos chamou a atenção dos dois. A comitiva havia chegado. Raul ficou tenso e afastou-se um pouco da mulher. Antes que eles chegassem próximos o suficiente, sussurrou:

— Melhor não ir se for se atrasar. E não chegue tarde em casa hoje — acrescentou enquanto se juntava ao pai, que acabara de fazer um discreto aceno de cabeça na direção de ambos.

— Ela não vem de novo? — perguntou seu sogro, incomodado ao perceber que a nora não tinha se juntado a eles. — Você tem de dar um jeito na sua mulher, Raul. Ela ainda age como se fosse uma estudante, fazendo o que bem lhe dá na telha.

Melissa esperou a comitiva passar e seguiu para a cafeteria com um sorriso congelado no rosto. Ela estava certa de que outros funcionários também ouviram o insulto, mas não podia fazer nada. Ela nunca teve um bom relacionamento com o sogro, por mais que tentasse. Não bastou ser a melhor aluna, a melhor médica residente. Não bastou as pesquisas inéditas, os artigos publicados nas mais diversas revistas científicas ao redor do mundo e os dias dedicados a trabalhar em hospitais públicos. Tampouco as inúmeras entrevistas dadas em jornais de rede nacional, as quais trouxeram visibilidade para o grupo. Melissa ainda se esforçava para entrar naquele mundo tão diferente do seu, mas nada do que fazia seria o suficiente, já que ela não tinha berço e chamava atenção demais, de acordo com seu sogro. Para ele, Raul havia se casado com a mulher errada.

Na cafeteria, inalou com vontade o cheiro de café recém-moído, que era característico do local. Olhou para a torta de chocolate suculenta que estava em exibição e imaginou a massa de chocolate dissolvendo-se em sua boca, acalmando seu estômago faminto e acalentando suas frustrações. Deve ter passado um bom tempo encarando a iguaria, porque a atendente perguntou:

— Quer um pedaço de torta hoje, doutora? Está fresquinha. Acabou de chegar.

Como que saindo de um transe, Melissa sorriu para ela e disse:

— Não, Maria, quero o de sempre, por favor. Um suco verde, café preto sem açúcar e uma omelete de frango sem queijo.

2

As bochechas de Rebeca doíam do esforço para sustentar o sorriso simpático no rosto. Olhou para o relógio pendurado em frente à sua poltrona e questionou-se se faltava muito para a entrevista acabar.

— Vamos fazer uma pausa de dez minutos e voltamos logo após o comercial — anunciou a apresentadora Andressa Matos, famosa pelo programa de fofoca mais comentado da atualidade. — Preciso de retoque na maquiagem! Estou derretendo! Não tem como aumentar a potência desse ar? — esbravejou, enquanto encarava Rebeca, como que esperando dela alguma providência.

Não, não tem, Rebeca respondeu mentalmente. Afinal, aquilo ali era um centro de beleza e estética, e não um estúdio de televisão. A quantidade de refletores dispostos em um pequeno cubículo seria o suficiente para revelar qualquer imperfeição sob a maquiagem. Tentando ser discreta, fez sinal para que Carla, sua assistente, se aproximasse.

— Que horas essa merda vai terminar? — sussurrou, mantendo o sorriso congelado no rosto.

Carla tentou apaziguar. Sua chefe estava cada vez mais impaciente. Pensou se seria por conta do episódio da semana anterior, mas, a bem da verdade, esses rompantes vinham acontecendo há mais de dois meses.

— Aguente firme, Beca. Quer um pouco de água? Ela só está se aquecendo. Até o momento, você respondeu perguntas sobre tratamento de beleza e tendências. Se ela mantiver o padrão, a entrevista de verdade começa depois do intervalo.

— Por que eu tive que concordar com isso mesmo? — referia-se à mulher na casa dos cinquenta anos, cabelo recheado de laquê e maquiagem carregada no rosto destoando da tonalidade do seu pescoço. Ela tinha certeza de que Carla explicou o motivo dessa entrevista em algum momento, mas nos últimos dias sua cabeça estava tão aérea que se tornava difícil armazenar as informações e focar. — Eu quase travei quando expliquei sobre a importância em se usar maquiagem leve para valorizar os traços naturais. Será que ela ficou ofendida? Que situação, meu Deus!

Rebeca era dona do centro de beleza mais badalado do Rio de Janeiro. Os melhores profissionais batiam ponto no seu estabelecimento, atraindo famosos em busca de novas tendências em estilo. Por isso, ser entrevistada por uma pessoa presa ao padrão de beleza do século passado não fazia sentido.

— Porque a sua vida privada está chamando mais atenção do que o seu trabalho. E essa senhora é uma das responsáveis por isso. Essa é a sua chance de mudar sua imagem.

E, então, Rebeca se lembrou do inferno que foi a sua vida na semana anterior. Com sua rotina já pesada sendo revirada de cabeça para baixo porque uma apresentadora insinuou que uma empresária famosa do ramo da beleza estaria se envolvendo sexualmente com garotos que tinham idade para serem seus filhos. E foi além: retratou a vida da dita empresária como desregrada e embalada por festas.

Questionou como uma pessoa com esse comportamento poderia atender uma elite tão seleta da sociedade carioca e fechar contratos com marcas de altos padrões morais.

A apresentadora não citou o nome de Rebeca em nenhum momento, mas quando mostrou em seu programa as fotos onde ela estava supostamente bêbada, escorada por dois rapazinhos de camiseta colada ao abdômen bem definido, saindo de uma boate na Barra da Tijuca, não foi difícil matar a charada. Ainda que seu rosto e o dos rapazes estivessem desfocados, não demorou para ela começar a receber chamadas de clientes e empresas exigindo uma explicação.

— Puta que pariu! — gritou sem se preocupar com quem estava ao lado. — Desculpa, mamãe! — emendou em seguida olhando para o céu, onde se encontrava a sua mãe em repouso eterno. — Lembrei. É ela? Por que você não me disse antes? Eu estava sendo simpática com essa mulher!!

Carla respirou fundo. Ela perdera a conta de quantas vezes conversou sobre isso com Rebeca, inclusive com a presença do advogado.

— Se acalme, pelo amor de Deus! Você quer perder tudo? — cochichava, desesperada, ao mesmo tempo em que tentava adivinhar se a apresentadora ouvira a conversa. — Daqui a uns dias você tem o desfile de moda em São Paulo e precisa dessa entrevista para acalmar os ânimos dos contratantes. Lembra do que o advogado falou?

Não, ela não lembrava. Rebeca não se interessava pela parte burocrática do seu negócio. Durante as reuniões administrativas, com frequência, ficava distraída, pesquisando tendências ou envolvendo-se com algum processo de criação. Além disso, todas as pessoas que conviviam com ela sabiam que raramente bebia e que era uma viciada no trabalho, atenta aos mínimos detalhes. Por isso, não entendia por que aquele assunto rendia tanto.

— O que essa mulher ganha destruindo a vida dos outros? — questionou, fazendo um esforço descomunal para manter a calma.

— Dinheiro. Você já viu quantas vezes ela pausou as perguntas para promover um produto? Eu contei cinco em uma hora. As pessoas adoram uma fofoca e os patrocinadores fazem fila por uma vaga.

— Meu Deus! A que ponto chegamos!

— Se acalme, Beca, respire fundo. Ela é uma criadora de notícias, é disso que ela vive. Você só precisa virar o jogo de forma inteligente, como sempre fez. Lembre-se de que esse programa tem altíssima audiência e o que você disser fará diferença na sua carreira.

Rebeca entendia a posição em que se encontrava: na corda bamba. Desde que fora capa de revista, virou celebridade no país inteiro. Seu posicionamento honesto sobre a escolha em não ter filhos, ter uma vida independente e valorizar a beleza natural foi visto como um ato de coragem, e milhares de mulheres, revistas e jornais começaram a replicar a notícia, querendo saber quem era aquela mulher. O estilo de vida de Rebeca também ajudava a torná-la popular. Pouco se sabia da vida privada daquela empresária rica, bonita e com um estilo de moda bem peculiar, o que fez com que seus seguidores no Instagram se multiplicassem em pouco tempo.

Mas, após o incidente, seus posts passaram a ser bombardeados com comentários de ódio de pessoas que nem sequer acompanhavam seu perfil, fazendo-a perder alguns trabalhos patrocinados nas redes sociais.

— Ok, vamos voltar — anunciou uma produtora.

Rebeca desejou beber um gole de uísque, bebida que odiava, mas que parecia dar coragem instantânea aos seus personagens de filmes favoritos. Como não podia, respirou fundo e, com o melhor sorriso no rosto, voltou-se para Andressa, que olhava compenetrada para um folheto que carregava em mãos.

— Três, dois, um. Gravando!

— Estamos de volta. No primeiro bloco do nosso programa, recebemos dicas em primeira mão de uma das profissionais mais invejadas no ramo da beleza, Rebeca S. Agora, vamos conhecer um pouco da mulher por trás da marca — disse para espanto de Rebeca, que olhou de soslaio para Carla, sem entender ao que a apresentadora se referia.

Encarando Rebeca, sem o sorriso habitual do primeiro bloco, ela lançou a primeira pergunta:

— Rebeca, para começar, gostaria de entender o motivo de a sua marca e comunicados em geral abreviarem seu último sobrenome, Santos. Seria uma forma de renegar as suas origens ou dar um ar sofisticado a um sobrenome comum, mas tipicamente brasileiro?

Rebeca demorou para assimilar a pergunta, parecia não fazer sentido. Mas, depois de alguns segundos, entendeu o quão baixo a apresentadora estava disposta a ir para destruir a carreira de uma pessoa que ela nem sequer conhecia.

— Interessante a sua pergunta. Nunca imaginei que minha marca fosse fonte de curiosidade e fico feliz em poder compartilhar um pouco da história. Quando entrei no ramo da beleza, há mais de vinte anos, existia um profissional consagrado com o mesmo sobrenome. Eu tenho certeza de que você o conheceu, o Sérgio Santos. — Ao que Andressa confirmou. — Muito do que sei e sou, devo a ele. Eu cresci em seu salão e, quando uma cliente pensou que eu fosse a sua filha, ele, brincalhão como sempre foi, sugeriu que, quando eu fosse famosa, deveria adotar o nome artístico de Rebeca S. para evitar confusão — confessou em um tom saudoso. — Infelizmente, ele partiu muito cedo para ver como eu me saí nessa área, mas eu resolvi homenageá-lo usando a marca que escolheu para mim. Foi a forma que encontrei de demonstrar gratidão por aquele que me acolheu quando mais precisei.

Andressa se mexeu na poltrona e olhou desconcertada para sua produtora, que sinalizou para prosseguir. Analisando a ficha em suas mãos, continuou:

— Você nasceu e foi criada no Andaraí, fato que nunca compartilhou em suas entrevistas. Os boatos que correm é que, uma vez famosa, cortou laços com todos e que evita, a todo custo, associar seu nome com sua origem.

— Bem, isso não foi uma pergunta — devolveu Rebeca, incomodada com o rumo que a conversa tomava. — E, como bem mencionou, são boatos, sem fundamento algum. Eu nunca tive a intenção de esconder a minha origem, apenas de preservar a minha história familiar, já que ela não tem nada a ver com a minha vida profissional.

— Não seria o contrário? — rebateu Andressa. — Uma tentativa de esconder que deixou seu pai, viúvo, na miséria, enquanto usufrui uma vida de luxo e requinte?

Carla olhou para sua chefe e percebeu o exato momento em que seu rosto perdeu a cor, ainda que estivesse com uma maquiagem suave. A vida pessoal de Rebeca era um completo mistério até mesmo para ela, que achava que seus pais eram falecidos. Por isso, naquele instante, ela deu-se conta de que aquela entrevista poderia ser uma péssima estratégia.

Rebeca sentiu uma dor tão grande no peito que foi impossível não se contrair. Andressa vibrou. Tentando controlar a respiração desregulada, apertou o braço da cadeira com força. Precisava sentir que ainda estava ali, em um local seguro. Desviou o olhar para o lado e percebeu como todos olhavam intrigados para ela, e muitos eram seus funcionários. Estariam se questionando sobre quem seria aquela mulher? Que talvez ela fosse uma fraude? Sentiu os olhos arderem, mas seu instinto de sobrevivência não permitiu que desabasse. Respirou fundo e, em um esforço descomunal, enquanto a câmera enquadrava seu rosto, gaguejou:

— Não sei de onde você tirou essa informação tão estapafúrdia.

— Do seu próprio pai. — Ao que Rebeca congelou a olhos vistos, provocando um novo sorriso em Andressa. — Ele não admitiu que tinha uma filha; na verdade, afirmou que ela tinha morrido, mas os vizinhos confirmaram a paternidade e que você o largou na mais absoluta miséria depois que sua mãe faleceu. Vamos conferir os depoimentos — prosseguiu, indicando a televisão posicionada ao lado que mostrava um repórter chegando em um lugar que ela conhecia tão bem.

Rebeca sentiu a garganta travar. Sua visão ficou meio turva e ela precisou puxar a gola da blusa em uma vã tentativa de facilitar a entrada do ar em seus pulmões. Se não se controlasse, poderia desmaiar ali mesmo, e tudo o que tinha construído a tanto custo desapareceria como pó jogado ao vento.

Ela se concentrava para entender o que cada entrevistado dizia, mas tudo o que chegava aos seus ouvidos eram palavras soltas: ingrata, abandono, dívida. Por mais que tentasse, ela não conseguia entender.

Até que a última cena prendeu a sua atenção. Seu pai, um tanto velho e debilitado, entrava na casa de muro branco, onde ela teve breves momentos de felicidade, gritando para o repórter: "Eu não tenho filha! Ela morreu há tempos. Essa de que tanto falam é a filha do demo!".

Sua imagem congelou na tela no exato momento em que uma lágrima escorria por seu rosto e um silêncio colossal tomou conta do estúdio improvisado. Depois do que pareceu ser uma pausa calculada, Andressa provocou:

— Contra fatos, não há argumentos. O que você tem a dizer sobre isso?

Rebeca esforçava-se para controlar os espasmos que começavam a afetar a sua mão e, por isso, mirava o chão em uma débil tentativa de se recompor. Por mais que tentasse, sua voz não saía. Sentiu-se como se tivesse quinze anos outra vez. Xingou-se por largar seu terapeuta antes da alta e tentou relembrar seus conselhos sobre como lidar com situações como essa, mas não conseguiu. Era impossível se concentrar quando sentia todos os olhos do mundo pesando em suas costas.

— Eu nem sei o que dizer — sussurrou a muito custo.

— Imagino. Deve ser difícil ver a verdade ser desvendada para todo o Brasil. Somos um programa sério que tem um papel moral perante a sociedade — gabou-se a entrevistadora, que agora adotava uma postura combativa. — Não existe justificativa para uma conduta tão imoral — golpeou-a por fim.

Verdade. Rebeca se apegou a essa pequena palavra. Com muito esforço, ela levantou o rosto e perguntou com a voz ainda trêmula:

— E qual seria a verdade dessa história, Andressa? O seu ponto de vista?

Fios de suor desciam pelas suas costas como cascata e ela não sabia se eram dos calores que a acometiam nos horários mais impróprios ou se era o seu corpo, reagindo, tentando sair daquela crise. Sabendo que não podia parar, ou iria desabar, continuou:

— Imagino que se o seu compromisso é com a verdade, mas já que não respeitou minha privacidade, deveria ao menos ter investigado a fundo o motivo por trás de eu escolher não falar sobre a minha família. — A cada sentença dita, sentia sua força retornar. — Não seria complicado, já que os registros são públicos.

Andressa olhava confusa para sua produtora e para Rebeca, que prosseguiu com voz ainda trêmula:

— Assim teria descoberto que eu fui espancada pelo meu pai aos quinze anos de idade por usar um brilho labial. Acredito que até hoje o Hospital Federal do Andaraí tenha uma cópia da minha ficha médica que comprova que eu perdi esses dois dentes da frente com a força do soco que levei — disse, mostrando os dentes para a câmera. — Meu pai foi fichado pela polícia por conta desse incidente e eu quase fui levada para um abrigo pelo Conselho Tutelar.

— Mas isso não é motivo... — tentou interferir Andressa.

— Verdade, você se lembra? — interrompeu Rebeca, sentindo-se mais confiante. — Você disse que o seu compromisso era com a verdade, e eu não acabei. Depois disso, as surras continuaram, só que mais discretas, marcas escondidas sobre os grossos vestidos que eu era obrigada a usar. E, quando as visitas da assistente social cessaram, como castigo, ele decidiu me casar com um homem trinta anos mais velho. Dizia que precisava me purificar por todo o mal que eu tinha cometido. Agora me diga, que mal? Eu era uma adolescente que só tinha dezessete anos, cujo único erro foi ter a curiosidade de experimentar um brilho labial!!

Rebeca não percebeu, mas seu rosto estava tomado por lágrimas.

— Eu tive muita sorte em poder fugir de casa e encontrar pessoas como o Sérgio, que me abrigaram e me ensinaram o que sei hoje. Mas muitas meninas não têm a mesma chance e têm suas vidas interrompidas de forma estúpida.

Pausou para se recuperar das lembranças que voltaram a lhe machucar, mas não por muito tempo.

— Então, quando você me acusa de ter rompido com a minha família, eu preciso discordar. Meu ambiente familiar era violento, tóxico. Mas, apesar de tudo, depois que consegui me estabilizar, nunca me furtei das minhas responsabilidades de filha. Fiz inúmeras tentativas de reaproximação para ajudar financeiramente a minha mãe, mas meu pai nunca permitiu. Quando ela se foi, eu deixei de procurá-lo, é verdade. Mas quem é você para me acusar? Meu pai escolheu me espancar. Meu pai escolheu infringir a lei ao tentar casar uma menor de idade com um homem mais velho. E, no final, foi ele que escolheu ficar sozinho. Já eu — disse, batendo emocionada no próprio peito. — Eu escolhi sobreviver apesar de tudo. O que tem de errado nisso?

Era impossível não ouvir o burburinho ao redor. Atrás de Andressa, produtores corriam para trocar as fichas que ela tinha em mãos. Pensou em solicitar uma pausa, mas desistiu ao constatar a quantidade de celulares que filmavam os bastidores. Tentando desconversar, Andressa continuou:

— Entendo que daí venha seu engajamento em projetos que valorizam o futuro das meninas. E por isso mesmo preciso tocar em outro assunto delicado. Na última semana, seu nome foi envolvido em um escândalo. Fotos suas, supostamente bêbada, saindo de uma boate com dois garotos circularam por toda a internet. Esse foi o estopim para que uma série de rumores fossem levantados. O que aconteceu?

Rebeca segurou-se para não responder que o motivo de toda a confusão foram as mentiras que a própria Andressa havia inventado.

— Já aprendemos hoje que todos os fatos têm ao menos duas versões, correto? Confesso que essa foto que circula na internet não é das melhores. Se tivessem ao menos checado as dos meus *stories*, teriam percebido que a narrativa era outra.

Carla entregou o celular com as fotos para Andressa, que observou Rebeca apoiada no carro com um dos sapatos em mão.

— Como pode ver, essa sou eu, sorrindo, agradecendo a ajuda de Pedro e Miguel. O salto do meu sapato quebrou e eu torci o pé. Eles apenas me ajudaram a chegar até o carro. Aquele era um evento de trabalho, eu e minha equipe estávamos lá para maquiar diversos modelos, incluindo os rapazes. Eu não bebo em serviço. Jamais! Nunca escondi a minha preferência em ficar com rapazes mais jovens. Tenho quarenta e três anos, sou uma mulher livre, independente, solteira e sem filhos, portanto não vejo mal nenhum. Todos os rapazes com quem eu saio são maiores de idade, desimpedidos e nossas interações acontecem em momentos de lazer. Eu também gostaria de registrar que acho desagradável ter que me justificar quanto a essa questão. Se fosse um homem com a mesma faixa etária sendo apoiado por mulheres ou namorando garotas mais novas, duvido que gerasse notícia. Isso só mostra o quando a nossa sociedade ainda é machista e misógina.

Uma salva de palmas rompeu o silêncio da sala, inclusive da equipe da apresentadora. Andressa congelou um sorriso no rosto e parecia respirar com dificuldade. Antes que pudesse partir para uma nova pergunta, Rebeca achou por bem encerrar:

— Inclusive, quero agradecer a você, Andressa, por disponibilizar esse espaço para discutirmos assuntos tão relevantes. Imagino o quanto você teve que batalhar para ocupar a posição que tem hoje, em um meio dominado por homens. Espero que seu programa seja um veículo para apoiar outras mulheres e jamais agredir. Já somos julgadas demais. Não precisamos de mais um dedo apontado para nossas costas — concluiu ao mesmo tempo em que se levantava da cadeira e saía da sala sem se despedir.

— Não param de chegar ligações e mensagens! Você arrasou, Beca! O programa nem foi ao ar e você já está bombando em todas as redes! — vibrava Carla, eufórica. — Francesco quer conversar com você, acredito que para se desculpar por ter suspendido o contrato. Posso fazer a ligação agora?

Mas Rebeca não ouvia. Enquanto seguia para seu estúdio privado, que ficava em uma ala reservada do salão, tentava controlar os tremores que voltaram a abalar seu corpo e a ânsia de vomitar. Se pudesse, sairia correndo para casa, se trancaria em seu apartamento e ficaria encolhida na sua cama por dias, até a dor passar, mas sabia que não podia fazer isso. Não depois do que todos descobriram, sua maior vergonha. Ela precisava se fingir de forte e fazer de conta que nada daquilo afetava a mulher em que havia se transformado.

Tão logo abriu a porta, seu resquício de autocontrole esvaiu-se ao dar de cara com uma de suas melhores amigas, Melissa, que estava em pé, ao lado da porta, como que a aguardando. Um rosto familiar e seguro no meio de todo aquele pesadelo foi o suficiente para que a água represada em seus olhos começasse a desaguar.

— O que você acha, Rebeca? Posso confirmar? — insistia Carla, seguindo logo atrás, enquanto tentava dar conta de todas as mensagens que apitavam no celular.

Rebeca não precisou dizer nada. Melissa conhecia a amiga como ninguém e sabia o que estava por vim. Sem maiores explicações, pediu para Carla se retirar, fechando a porta logo em seguida. Em uma fração de segundo, amparou a amiga antes que desabasse no chão em um lamento sofrido.

— Shhh, acabou, agora só respira — sussurrou Melissa em seu ouvido, abraçada à amiga que soluçava compulsivamente, balançando-se no chão. — Você não está mais lá, Beca, acabou. Agora você é uma mulher independente, bonita e de sucesso. Eu estou aqui com você — repetia como um mantra.

Demorou para que Rebeca voltasse a pensar com clareza. Chorou como há muito não fazia. Sabia que deixar o corpo desabafar era a melhor forma de se recuperar, pelo menos naquele momento.

— Como você sabia da entrevista? — falou, por fim, ainda abraçada à amiga.

— Eu não sabia. Vim escovar meus cabelos.

— Tem evento hoje? Estou te atrasando?

— Deixa de bobagem. Só preciso chegar apresentável em casa. Mas, ainda que fosse um evento, não deixaria você assim.

Rebeca afastou-se da amiga e tateou o rosto, dando-se conta de que a sua maquiagem deveria estar borrada.

— E desde quando existe esse tipo de coisa? — indagou, feliz por mudar o rumo da conversa. — Para mim é o inverso. Minha casa é onde eu posso ser eu mesma, com todos os meus defeitos, com a minha blusa furada favorita, sem pentear os cabelos...

— Foi isso que eu disse para ela — endossou uma voz masculina que vinha do fundo da sala. — Sem contar que o excesso de escova vai relaxar cada vez mais os lindos cachos naturais que ela tem — continuou, desconfortável, mas aliviado por fazer-se notar.

— Tinha me esquecido que o Davi estava aqui — murmurou Melissa. — Ele estava escovando meus cabelos quando você chegou e... — Rebeca impediu que a amiga continuasse, levantando-se do chão.

— Está vendo? Até Davi concorda. E não me venha com aquele papo de que a família do Raul é da nobreza carioca e que você sempre tem de estar a postos. Ninguém consegue viver cem por cento do dia montada, amiga! — continuou como se nada tivesse acontecido, retomando a personagem que criara, enquanto amenizava o estrago na maquiagem. — E acho melhor você deixar o Davi terminar o trabalho, ainda falta essa parte aqui. — Sinalizou para a mecha de cabelo ainda úmida, presa com uma presilha.

Davi era seu melhor funcionário, ou melhor associado. Ele era tão bom que não queria vínculo empregatício. Sua agenda vivia lotada e a única coisa que exigiu para trabalhar naquele salão era flexibilidade para atender seus clientes preferenciais durante os eventos de moda, quando ele podia explorar toda a sua criatividade em penteados conceituais, que dificilmente seriam utilizados nas ruas. Foi assim que ele conheceu Rebeca. Ela ajudando os estilistas a montarem o conceito visual das modelos — roupa, cabelo, maquiagem e acessórios — e Davi executando.

— Está confirmado amanhã, você lembra? — Rebeca comentou, evitando fazer contato visual com Davi e abrindo a porta do estúdio que já estava há muito trancada.

— De quê?

— Nosso encontro com a Mabel. Happy hour, comidas gostosinhas, muito papo para colocar em dia e birita. Amanhã eu vou beber! Vou fazer jus à minha fama!

— Esqueci! Não sei se posso.

— Você também não pode, Beca — interrompeu Carla, aparecendo no pequeno cômodo, para alívio de Melissa, compenetrada no celular, alheia a tudo o que aconteceu minutos atrás. — Amanhã à noite você tem sessão de fotos para aquela marca de roupas sustentáveis, e ainda precisa retocar a raiz do cabelo e mudar o conceito do visual.

Os cabelos brancos de Rebeca começavam a despontar e, como o ensaio seria para um encarte de moda, pegaria mal deixar os brancos visíveis.

— Daqui a pouco vou ter de incluir na minha agenda um tempo para cagar! — explodiu, o que fez sua assistente revirar os olhos e olhar na direção de Melissa em busca de apoio. — O que é isso? Sou um ser humano! Eu e minhas amigas estamos sem nos encontrar há cinco meses! Cancela e não marca nada para a manhã seguinte! — E, virando-se para Melissa, completou: — E você precisa parar de pensar um pouco nos seus problemas e lembrar que tem amigas. Já cancelamos quatro vezes com a Mabel.

As amigas eram tudo para Rebeca. Mabel a abrigou em sua casa, mais precisamente em seu quarto, até a poeira baixar, e Melissa bateu na porta de diversos salões de beleza na Zona Sul, bem longe da sua casa, em busca de um emprego e abrigo seguro onde Rebeca pudesse ficar.

Apesar de nova, Melissa sempre teve que se virar sozinha e a sua eloquência convenceu Sérgio Santos a dar um emprego de aprendiz à Rebeca tão logo completasse dezoito anos, o que, por sorte, aconteceu em seguida.

— Imagina se ela respondesse às entrevistas que concede dessa maneira — brincou Melissa, estranhando o temperamento explosivo da amiga.

— Nem me fale. Aí não teria assessoria que funcionasse.

— A verdade é que estou me segurando para não soltar um palavrão por minuto. Estou cansada, não tenho dormido bem e ainda estou entalada com aquela Andressa. — E, voltando-se para a amiga, continuou: — E não mude de assunto, Mel. Pode remanejar a sua agenda, porque amanhã temos um encontro inadiável. Mabel precisa da gente. E eu também.

3

Como sempre, Mabel estava atrasada. Por mais que começasse a fazer as coisas com antecedência, sempre ocorria um imprevisto. Justo hoje, no dia do encontro com as amigas, a folguista que sempre contratava para essas raras ocasiões ficou doente. Com três crianças e sem querer perder o momento que vinha aguardando há tanto tempo, saiu atrás de uma solução. Mas não era fácil encontrar alguém que aceitasse cuidar de três crianças ao mesmo tempo; Martina com quatorze anos, Daniel com cinco e Vicente com dois. Por isso, ela dividiu os filhos em três casas diferentes e agradeceu aos céus quando o marido confirmou que poderia pegar cada um deles depois do trabalho.

Vicente foi o último a ser despachado, ficou na casa da sua avó e era o que tinha mais tralhas para carregar entre fraldas, mamadeira, mudas extras de roupas e o remédio. Foi difícil convencer sua mãe a ficar com seu grande bebê. Não que ela não o amasse, mas Vicente veio com defeito de fabricação, como sua mãe dizia, para sua indignação. Sofria de refluxos que o acompanhavam desde o nascimento, e a avó ainda não se recuperara dos sustos com os engasgos que o deixavam com o rostinho avermelhado, quase roxo. Sem contar que ela estava cansada (e quem não estava?). Com quase oitenta anos, não imaginava que teria um neto tão pequeno a essa altura do campeonato. Tampouco Mabel esperava por outro rebento aos quarenta e um anos de idade. Vicente era obra do acaso, ou melhor, do furo de uma camisinha. Fruto da última viagem romântica que tinha feito com seu marido, em uma tentativa de resgatar a intimidade e o tesão que estava se perdendo no meio da rotina massacrante com os filhos.

— Está bonita, filha! Mas podia ter arrumado melhor o cabelo.

Mabel se olhou no reflexo da janela e viu que seu cabelo não estava mais do jeito que tinha arrumado. O entra e sai do carro para deixar as crianças, somado à umidade do ar, tinha alterado o penteado original, mas ela daria um jeito depois.

— Rômulo passa por aqui às seis — disse em uma tentativa de acalmar a mãe enquanto entrava na mesma casa em que crescera, com Vicente em um braço e a sua sacola em outra. — Não esqueça de dar o remédio na hora certa e, qualquer coisa, me liga.

Mabel deixou a bolsa no sofá e, ao tentar entregar o filho para a mãe, foi surpreendida com seu choro desesperado. Ainda pequeno, ele entendeu que seria deixado de lado, mesmo que por algumas horas, assim como tinha acontecido com seus irmãos. Só que, nesses dois anos, ele nunca tinha ficado longe da sua mãe. A volta para o trabalho após a licença maternidade nunca aconteceu, já que Mabel fora surpreendida com um aviso de demissão por e-mail. Por isso, Vicente se segurava e se esgoelava, deixando Mabel preocupada com as marcas em sua roupa que fora cuidadosamente passada.

— Deixa que eu pego, filha. Nessas horas não dá para ser delicada.

— Pera, mãe! — alertou, preocupada, enquanto a mãe já puxava seu filho, que estava com a cabeça escondida em seu pescoço. — Tenho medo que ele...

Mas antes que completasse a frase, aconteceu. Mabel não viu, mas sentiu aquele líquido quente passando pelo tecido da sua camisa e tocando a sua pele. O cheiro azedo subindo lentamente confirmou seu pior pesadelo.

— Tem medo de quê? — perguntou sua mãe, já com o neto choroso em seu colo.

— Disso. — Mostrou a gosma branca na sua blusa preta, a única que afinava a sua silhueta.

— Jesus! — resmungou a senhora assim que sentiu o azedume. — Corre pro banheiro antes seja tarde demais!

Era tarde demais. Além da blusa, uma parte do cabelo escovado estava encharcado. Com a habilidade de quem já estava acostumada, Mabel tirou a blusa e tentou amenizar a situação usando água e sabão apenas onde estava sujo. Ela sabia que não seria o suficiente, mas não havia outra alternativa. Pendurou a peça no gancho atrás da porta e tentou limpar a parte afetada do cabelo, rezando para que não destoasse tanto.

— Será que dá para perceber? — perguntou para a mãe minutos depois.

— Mas quem se importa, filha? São suas amigas — tentou disfarçar.

Sabendo que não poderia fazer mais do que já tinha feito, seguiu resignada em direção à porta, tentando não se abalar com a gritaria de Vicente. Ela não aguentava mais ouvir seu filho chorar. Só não tinha desistido de se encontrar com as amigas porque a certeza de que enlouqueceria caso ficasse superava qualquer remorso. Estava fechando a porta quando ouviu sua mãe gritar:

— E não se esqueça de pedir um emprego! Deixa de ser boba! Com certeza elas arranjam alguma coisa para você!

⚜

— Poderia dizer por que viemos justamente aqui, tão longe de casa e em um lugar sem ar-condicionado, quando existem excelentes opções no Leblon? — resmungou Melissa, mal-humorada, enquanto segurava os cabelos. Fazia trinta e quatro graus no Andaraí, mas a sensação térmica era bem maior.

Rebeca estava sentada em uma mesa, debaixo do toldo vermelho, trajando shorts, camiseta e tênis. Seu rosto estava limpo, sem vestígio de qualquer maquiagem, deixando visíveis as marcas do tempo que todas elas se esforçavam em esconder.

— Cerveja? — perguntou, enquanto se deliciava com uma taça gelada.

Procurando uma forma de ficar confortável naquela cadeira azul de metal, que parecia ter absorvido todo o calor do ambiente, Melissa negou.

— Você não cansa daqueles lugares? Aqui tem muito mais vida e a melhor codorna do Rio por apenas doze e noventa. O mesmo prato naquele restaurante famoso que você gosta sai por quanto? No mínimo uns duzentos reais.

— Como se dinheiro fosse um problema para você — argumentou Melissa.

— Além disso, estamos longe dos pseudopaparazzis e pessoas enxeridas. Em que outro lugar eu poderia andar assim?

Apesar do pai de Rebeca morar na região, ele não circulava pelo lado profano, forma como ele se referia àquela área repleta de bares. Além disso, Rebeca sempre foi protegida pelo dono do Bar do Meio, seu Zeca, que foi uma das tantas pessoas que a ajudou quando saiu de casa. Para ela, não existia lugar mais carioca do que aquele: codorna assando, chopp gelado, música boa e afeto. Por isso, sempre que a agenda permitia, gostava de voltar para os lugares onde podia ser sua melhor versão.

— Mas por que tanta roupa? Achei que iríamos nos divertir — observou ao notar que Melissa usava camisa social, saia lápis e saltos altos.

— Estou aqui para cumprir uma função protocolar. Tenho que voltar ao trabalho mais tarde. Os bebês nunca têm hora para nascer.

Não era verdade. Nenhuma paciente tinha a remota possibilidade de entrar em trabalho de parto por aqueles dias. Ela tinha bloqueado a agenda para pegar o filho na escola e chegar mais cedo em casa. Na noite anterior, chegara um pouco depois das oito da noite e encontrara Camila e Raul conversando enquanto o filho ouvia música no quarto. Aquela cena a deixou incomodada, fez com que se sentisse uma intrusa dentro da própria casa. Não que eles estivessem fazendo algo de errado, mas Camila circulava com desenvoltura na cozinha americana, terminando de preparar o jantar de Lucas, enquanto Raul, de banho tomado, ria de algo que ela dizia. Parecia ocupar um lugar que deveria ser dela, fazendo-a questionar se não tinha culpa na situação. Será que deveria fazer o que o marido tanto pedia e abrir mão da carreira para se concentrar na família? Mas afastou o pensamento, sabendo que jamais poderia abrir mão de tudo que conquistou. Nem em nome do amor.

A noite tampouco terminou como esperava. Mais tarde, depois que Lucas dormiu, Melissa correu para seu closet e colocou sua melhor camisola. Uma parte sua queria ter certeza de que estava tudo bem. Por isso, bagunçou suavemente os cabelos recém-escovados, colocou gotas de perfume em lugares estratégicos e o surpreendeu no quarto. Apesar de Raul não recusar o sexo e devorá-la com a mesma intensidade de sempre, não foi o que esperava. Depois do gozo, não teve abraço, não teve conversa ou beijo de boa noite. O silêncio preencheu o vazio que crescia entre eles. Raul foi ao banheiro e no regresso não tardou para que caísse em um sono profundo.

— Poxa, Mel, tente relaxar um pouco — insistiu a amiga, trazendo-a de volta ao presente.

— Hoje não — limitou-se a responder. — Mabel está chegando?

Rebeca pensou em suplicar mais um pouco, sondar e tentar entender se tinha alguma coisa acontecendo, mas o barulho de cadeiras sendo arrastadas para dar passagem anunciou a chegada de Mabel e ela soube que tinha perdido a sua oportunidade.

— Beca! Que saudade! — Mabel inclinou-se para dar um abraço na amiga, que ainda estava sentada. — Mel, e você? Como está linda!

— Hum, que cheiro é esse? — perguntou Melissa, tão logo desfez-se do abraço apertado.

— Ah! Vicente! Acredita que ele vomitou em mim na hora da despedida? O que vocês estão bebendo? Deixei o carro na casa de mamãe e volto de Uber.

— Zeca, mais uma cerveja, por favor! — pediu Rebeca. — E uma água para Melissa!

Mabel ganhara muito peso desde a última vez que esteve com as amigas. Era algo tão impressionante que foi impossível não notar. A bata preta, manchada no ombro, tentava esconder sem sucesso as dobras da barriga que lutavam com a calça jeans apertada. Rebeca se perguntou como é que a amiga conseguia respirar.

— Tome um chopp para relaxar e nos conte como você está, Bel — pediu Rebeca, enquanto passava a sua cerveja para a amiga.

Sentiu culpa ao dar-se conta de que poderia estar em falta com as amigas que tinha como irmãs. Estava tão focada em sua carreira e dramas que não percebeu os pequenos sinais que levaram as amigas a estarem tão diferentes.

— Tirei o passaporte de toda a família. Quero levá-los para a Disney ano que vem. Rômulo acha improvável, mas é importante manter o otimismo, não? — contou, tentando dar demasiada ênfase no que considerava ser o ponto alto da semana. — No mais, sem grandes novidades, a vidinha de sempre. Crianças, casa, marido, essas coisas — desconversou.

A vida de Mabel era como um filme em constante looping. Todo o dia a mesma coisa. Pequenas variações deviam-se única e exclusivamente às crianças, que alternavam o dia em que faziam xixi na cama à noite ou tinham alguma apresentação na escola e obrigavam-na a mudar um pouco do curso do dia. Fora isso, era a mesma rotina: acordar, preparar café da manhã, levar as crianças para a escola, voltar para casa, colocar Vicente no cercadinho, lavar louça, dar lanche para Vicente, fazer almoço, pegar as crianças na escola e enlouquecer quando os três passavam a ocupar o pequeno apartamento de cem metros quadrados ao mesmo tempo. Ainda que amasse os filhos, essa rotina a frustrava. Apesar de saber da importância que tinha na vida deles, viver apenas por eles a fazia se sentir vazia, como se uma parte importante da sua personalidade e de quem ela era tivesse morrido. Como se a sua versão profissional tivesse sido varrida da face da Terra. Por conta disso, evitava as perguntas de Rebeca. Tinha medo de que percebessem o quanto a sua vida estava oca, apesar de não ter um momento de paz.

— E vocês? Como estão? Me contem!

Rebeca não queria relembrar o dia anterior e tampouco parecer pedante ao falar dos desfiles de alta costura dos próximos dias. Naquele momento, queria voltar a ser como antes, quando as três se sentavam e conversavam sobre qualquer coisa. Quando não havia o silêncio velado que a vida adulta impunha, aprofundando aquele buraco onde escondiam as decepções, medos que jamais imaginariam ter a essa altura da vida. Mas esse silêncio as afastava; por isso, por mais que fosse difícil, decidiu dar o primeiro passo.

— Ah, você deve saber que eu me envolvi em um grande barraco semana passada. Mas dei o troco na fofoqueira ontem mesmo. Não sei se a entrevista irá ao ar, mas as melhores partes já estão na internet.

Mas Mabel não sabia. Ela mal navegava pela internet. O sorriso congelado no seu rosto e a posterior cara de espanto entregou que não tinha a mínima ideia do que Rebeca falava.

— Você não viu — constatou Rebeca.

— Tem sido difícil acompanhar as notícias — justificou-se, envergonhada.

Todos os dias, tão logo o seu marido retornava do trabalho, Mabel tomava um banho, colocava as crianças para dormir, comia alguma coisa e apagava. Não navegava na internet ou via televisão. Seu dia sempre começava muito cedo, às cinco horas da manhã, e ela se apegava a qualquer minuto extra de sono para dar conta das obrigações. Ao passar a ficar em casa, pensou que teria mais tempo para si, mas foi o oposto. A imagem daquela jornalista que no passado corria atrás das notícias, ainda que nos bastidores, que ligava para políticos, que tinha conexões em diferentes camadas da sociedade, ficava cada vez mais borrada da sua mente. Ao ponto de se questionar se algum dia aquilo foi real.

— Quer saber? Você não perdeu nada — amenizou a amiga ao mesmo tempo em que dava um chute na canela de Melissa, que estava quieta, assistindo tudo passivamente e não se esforçava na conversa.

— Ai! — gritou a médica ao ser pega desprevenida. Pensou em dar uma bronca em Rebeca, mas desistiu ao sentir seu olhar fulminante. — Raul está se preparando para se candidatar à presidência do grupo e tenho estado muito ocupada. Além de atender aqui e na Zona Sul, preciso participar de diversos eventos para ganhar a simpatia do conselho e organizar a rotina do Lucas e da casa. E Rebeca — acrescentou, olhando para a amiga com um sorriso — está sendo muito modesta. Além do incidente na semana passada, ela esqueceu de contar que participará da semana de moda mais importante do país e que fechou alguns contratos com marcas internacionais. Nada mal para uma garota do Andaraí.

Rebeca tentou chutar mais uma vez a amiga por despejar tanta verdade de uma só vez. Ela não queria esconder a verdade de Mabel, mas também não queria que a amiga se sentisse mal. Já Melissa estava cansada de ter que pisar em ovos o tempo todo, fingindo que tudo estava bem. Depois de dois anos desempregada, vendo sua amiga se afogar em um mar de lama sem fim, descontando as frustrações em comida e camuflando a realidade, ela chegou ao seu limite.

Melissa sabia que era difícil para uma mulher de quarenta e três anos reingressar no mercado de trabalho, ainda mais com três filhos, mas, na sua opinião, Mabel pouco fazia para sair daquele lugar. Ainda que o marido tivesse um bom emprego de gerente em uma financeira, sua amiga resolveu abrir mão de uma funcionária doméstica. Contava apenas com uma babá folguista, que a ajudava de em ocasiões específicas. Tudo isso porque se sentia culpada. Já que não aportava dinheiro em casa, sentia-se na obrigação de contribuir de alguma forma, economizando cada mísero centavo. Só que isso era um labirinto sem saída.

Das três amigas, Mabel sempre foi a mais tímida e a que menos falava. A única proveniente de uma família estruturada, mãe e pai casados, sem crises, e parecia ter tudo ao seu alcance: amor, afeto e recursos. Sem grandes dramas familiares, aprendeu desde cedo a ser grata pelo que tinha e que fazer a coisa certa era sempre a melhor saída. Quando em dúvida, sempre optava pelo caminho mais simples. Pensava que, evitando o conflito, poderia manter a harmonia em casa e no trabalho.

Formada em jornalismo, começou a trabalhar em um grande jornal carioca, onde logo engatou na carreira de redatora. Mabel sempre soube escrever muito bem, em poucas palavras ela conseguia reportar uma situação com a imparcialidade necessária, mas sem se privar de pequenas doses de emoção. Apesar de adorar o seu trabalho, com a chegada dos filhos, nunca almejou uma posição maior e por isso mesmo nunca chegou a refletir sobre o que seria da sua carreira se ficasse parada ali, no mesmo lugar. Mas o mercado evoluía. Com anos de experiência acumulados, ela ficou muito cara para uma área que estava em crise. O jornal impresso tentava sobreviver em um mundo digital e Mabel não soube fazer o movimento para essa nova realidade onde qualquer um poderia dar uma notícia, criar pautas e entrevistar. Por isso, ficou redundante. Foi trocada por jovens recém-saídos da universidade com idade para serem seus filhos.

— Eu nunca imaginei que as coisas ficariam gigantescas desse jeito — amenizou Rebeca. — Eu só queria um teto sob a minha cabeça e um pouco de segurança.

— Está reclamando? — questionou Melissa, enquanto Mabel, aturdida, tentava se atualizar.

— Não. Mas às vezes penso se não seria mais simples se fosse só um desses salõezinhos de bairro, sabe? — refletiu, enquanto bebia um pouco da cerveja. — Às vezes, olho minha vida e parece que eu estou sob...

— Um rolo compressor — completou Mabel. — E você segue no piloto automático sem conseguir reagir às situações que ocorrem à sua volta.

— Isso mesmo!

— E você começa e termina dia da mesma forma, mal tendo tempo de assimilar o que está acontecendo... — continuou, esbaforida, enquanto Rebeca confirmava com a cabeça.

— Você faz um zilhão de coisas, mas quando chega o fim do dia, cansada, você coloca a cabeça no travesseiro e se dá conta de que aquelas tarefas não te levaram a lugar algum — prosseguiu, com um olhar perdido. — Quer dizer, seus filhos não morreram de fome, não se afogaram na banheira, foram à escola e o Conselho Tutelar não pode te acusar de nada. Mas nada disso é para você, não é mesmo?

Rebeca ensaiou dizer que não, que não era bem assim, mas dessa vez recebeu um chute de Melissa e entendeu que a amiga precisava desabafar.

— Aí seu marido diz que deseja que você voe, faça o que quiser da sua vida, já que está desempregada e pode focar no seu sonho. Mas que sonho? Eu mal tenho tempo de trocar a bendita roupa suja!! Sequer consigo acompanhar o que está acontecendo no mundo! Como é que a essa altura do campeonato eu posso ter um sonho? — indagou, olhando para as meninas em busca de apoio. — Eu até tentei encontrar outro trabalho, perdi a conta de quantos currículos enviei enquanto Vicente cochilava, mas nunca recebi nenhuma resposta. Ninguém liga para uma mulher de quarenta e três anos com mestrado, que trabalhou por mais de vinte anos no mesmo lugar. De repente, fiquei velha e obsoleta.

Mabel fez uma pausa e virou de uma única vez a taça de cerveja que estava à sua frente, algo que nunca fazia. Não sabia se queria se afogar de vez ou ter uma grande revelação ao cometer, em sua percepção, esse pequeno ato infracional. Sem as crianças por perto, se permitia.

Rebeca olhou para a médica com um pedido de ajuda, mas Mabel ainda não estava preparada para parar de falar.

— É complicado, eu te entendo, Beca. E quando você pensa em relaxar, dar aquela namoradinha com o marido, não consegue. Porque ele está sempre cansado. Mas eu também, porra! — gritou, para espanto das amigas. Mabel nunca xingava, sempre foi comedida. Talvez até demais. — Eu também me esforço! E a gente precisa dar uma gozada de vez em quando para aguentar o tranco!

— Quantas cervejas ela já bebeu? — sussurrou Melissa para Rebeca, enquanto olhava ao redor temendo que alguém tivesse ouvido.

— Só uma. Mas você sabe como ela é fraca.
— E então...
— Chega, Mabel! — interrompeu Melissa. Já eram cinco da tarde e ela precisava voltar para casa. — Você precisa parar de reclamar e tomar a responsabilidade pelo que aconteceu na sua vida.

Mabel parou e seus olhos ficaram marejados. Era sempre assim. As amigas se conheciam como ninguém e era fácil saber o que vinha a seguir. Por isso, Rebeca tentava desesperadamente fazer com que Melissa visse seus sinais pedindo para que pegasse leve, mas, no fundo, ela também estava cansada da inércia da amiga, mas não sabia o que fazer para ajudá-la.

— Ok, você está desempregada e não consegue arranjar emprego, eu entendo. Isso você não pode controlar. Mas você pode tentar fazer outra coisa, sei lá. Você tem dupla formação acadêmica, com graduação em letras e história, e sempre gostou de livros. Pensando alto, poderia ganhar uns trocados revisando trabalhos acadêmicos, livros...

Pronto, ela tinha a plena atenção da amiga, que ouvia ansiosa pelas alternativas propostas.

— Agora, isso não é desculpa para você se largar assim. Sua família não está passando por nenhuma penúria financeira. Você está se acabando por quê? É assim que você anda em casa? — Sinalizou para a roupa manchada. — O que você está fazendo para cuidar de você? Porque amiga, eu vou ser bem sincera: se você não se amar, não tem como fazer com que o outro a ame. Se você não se achar atraente, bonita, ninguém vai achar. Então eu pergunto, Mabel, o que você está fazendo para sair dessa situação? Qual a sua parcela de culpa?

E, então, como que buscando ajuda, Mabel olhou para Rebeca e disse:

— Você entende o que eu disse? Quer dizer, sei que você não tem marido e filhos, mas...

Rebeca negou com a cabeça, e Mabel começou a chorar.

— Começou... — Melissa se exaltou.

— Eu entendi o que você quis dizer — gaguejou, tentando se explicar. — Só que eu não vi, Melissa. Eu não tenho ideia de como cheguei a esse ponto.

— Mabel, querida, também não é o fim do mundo. Melissa foi muito direta, você sabe como ela é. E parece que ela também não está em um bom dia — justificava, enquanto fuzilava a amiga com o olhar. — Não a leve tão a sério — tentou amenizar.

— Não, ela está certa. Estou colocando tudo a perder. E o pior é que não sei como sair dessa — confessou.

Melissa abriu a sua carteira e deixou uma nota de cinquenta reais na mesa. Daria para pagar o que todas consumiram até aquele momento e ainda sobraria troco, o que era a vantagem da zona norte do Rio. Levantando-se da mesa, disse:

— Certo, vamos lá. Como andam as suas calcinhas?

— Hã? — assombrou-se com a pergunta sem pé nem cabeça da amiga.

— Velhas, esgarçadas? E a camisola que você usa para seduzir Rômulo?

— Seduzir? Não faço isso, não — respondeu, envergonhada.

— Ah, Mabel, fala sério. Eu sei que vocês estão casados há anos, mas precisamos lutar contra a rotina. Dá uma passada na loja da Dona Creuza, que revende peças desse tipo, e compra umas coisas bonitas para você. Aquela lojinha lá da esquina. Algumas lingeries são bem cafoninhas, mas, se você procurar bem, acha coisa boa.

— Sei não, Mel. Nunca fiz essas coisas. Rômulo vai estranhar — confessou, envergonhada.

— Ou amar — emendou a amiga. — E abre logo uma conta no Instagram. Você também pode fazer resenhas de livros, tem uns perfis ótimos por lá e isso ajudaria a promover seu trabalho — completou, colocando a bolsa no ombro, soltando um beijo no ar e dirigindo-se para seu carro estacionado alguns metros adiante.

4

Eram seis horas da tarde quando Melissa pegou Lucas na escola. Ela estava feliz em passar um tempo com o filho, já que os compromissos do marido tornaram esses momentos escassos. Era difícil processar como ele tinha crescido tão rápido. Se antes na saída da escola corria para abraçá-la, agora saía cercado de amigos e lançava aquele olhar, nada discreto, lembrando-a de não fazer nada que o constrangesse. *Uma nova fase começa*, pensou.

— Eu posso ficar em casa sozinho, mãe, tenho onze anos! Por favor, não preciso de babá — disse, referindo-se à Camila, que dormiria de novo em sua casa, já que os pais teriam outro jantar de negócios.

— Está fora de questão, filho.

— Pô, mãe. Então posso dormir na casa do Rafa?

— Você sabe que seu pai não permite.

Lucas se conformou, desanimado. Ele sabia como seu pai era intransigente com a segurança. Além da história do sequestro do avô, sua família vinha colecionando ameaças ao longo dos anos. Lucas conseguia se safar da segurança particular porque tinha uma rotina regrada. Era sempre um dos motoristas treinados da empresa que o pegava na escola e o levava para as atividades extracurriculares. Bem diferente do pai e do avô, que andavam com uma verdadeira escolta armada. Melissa era a única que escapava da vigilância cerrada, por uma exigência que fizera antes de se casar. Apesar de conhecer de perto a violência da cidade e entender o receio do marido quanto ao risco de mais um sequestro na família, ela não queria ter a liberdade podada.

Ainda assim, ela andava de carro blindado e tinha sua rotina combinada com a do marido. Qualquer desvio tinha que ser avisado. Todo esse cuidado por causa de uma pequena parcela da sua vida, da qual não abria mão.

Apesar de morarem em um dos condomínios mais luxuosos da cidade e locomoverem-se por áreas que, em geral, eram tranquilas — escola, consultório e hospital —, eles bem sabiam que aquela realidade era uma bolha, desconectada do resto da cidade. As avenidas de acesso à Zona Norte estavam com frequência nos noticiários, especialmente nas madrugadas. Ela havia concordado em usar ao menos um segurança sempre que precisasse ir à zona norte tarde da noite, mas quase nunca respeitava. Não por despeito, ainda que o aumento da criminalidade nos acessos àquela região a assustasse. Mas o tempo que o segurança levava para chegar em sua casa era o da sua paciente dar à luz. Ela não podia se dar ao luxo. Por isso, omitia.

— Mãe — disse Lucas, ainda dentro do carro —, e as férias?

Ele queria ir para o acampamento da escola no meio do ano, já que nunca tinha ido. Antes, a justificativa era que ele era muito pequeno, só que agora entendia que não era apenas isso. Melissa olhou para o filho e sentiu o coração balançar. Ainda que o sogro e o pai se vangloriassem que ele crescia em um ambiente privilegiado, ela tinha suas dúvidas. Lucas perdia muita coisa, experiências que toda criança deveria ter, em nome de uma segurança excessiva.

— É o último ano, mãe. Só aceitam crianças até onze anos. Por favor!

O acampamento durava quinze dias e ficava em Teresópolis, em um hotel-fazenda renomado, mas com ares de roça, onde as crianças dormiam em tendas e tinham de providenciar a própria comida em grupo. Com o apoio de instrutores, eles participavam da rotina de plantação de frutas e legumes orgânicos, colhiam os que estavam maduros e trabalhavam nas oficinas de marcenaria. Tudo isso intercalado com muita brincadeira e aventura. Melissa gostaria de ter tido a chance de curtir uma experiência como aquela, integrada à natureza. Em dez anos de funcionamento, a colônia de férias nunca teve um incidente e nem podia. Ainda que as atividades estivessem voltadas a uma experiência rústica, o investimento era muito alto, o que chegava a ser uma ironia. Mas, considerando o público que frequentava, não poderia ser diferente. Ainda assim, suas tentativas de convencer o marido sempre fracassaram.

— Eu vou falar com seu pai, prometo. — Mas a cara de Lucas não melhorou. Ele sabia que o pai negaria e não havia muito o que a sua mãe pudesse fazer. — E o que você acha de jantar uma pizza hoje?

— Em dia de semana? Mas você não vai sair?

— De vez em quando é bom sair da rotina. E a pizza é muito mais saborosa do que a comida que eles servem nesses jantares — brincou, fazendo um carinho na cabeça do filho, feliz por ter contribuído para que seu ânimo se alterasse, pelo menos temporariamente.

Entraram em casa gargalhando, quando deram de cara com Raul conversando com dr. Matias. A presença do sogro era tão imponente, que tinha o poder de silenciar qualquer sorriso.

— Oi, vovô — cumprimentou Lucas, cabisbaixo, recompondo-se como a situação exigia. Sua relação com o avô era marcada por formalidades, já que a rotina do dr. Matias impedia qualquer convivência espontânea que não estivesse previamente agendada.

— Dr. Matias, boa noite — cumprimentou Melissa, com a certeza de que suas palavras não demonstravam o ânimo que devia. Ela não gostava de ter o sogro em sua casa, tirava o pouco da informalidade que gostava e precisava.

O sogro fez um leve aceno com a cabeça e virou-se para o neto.

— E como vão os estudos, meu filho? Você tem de se esforçar para ser o melhor, afinal de contas, um dia tudo o que temos será seu. — Melissa olhou para o filho e viu seu corpinho se encolher. — Aliás, podemos combinar com o seu pai para você fazer um estágio na sede durante as férias. Quanto mais cedo começar a se envolver nos negócios da família, melhor. Vai fazer de você uma criança mais esperta e preparada para os desafios da vida.

— Sim, senhor — respondeu automaticamente, olhando para a mãe, como que confirmando que seu plano de ir para a colônia de férias estava arruinado.

— Bem, encontro com você mais tarde, filho — disse dr. Matias, referindo-se a Raul. — Dr. Humberto é um membro importante do conselho e, se você o convencer, será mais fácil obter o apoio dos outros. Não se atrase — complementou, retirando-se da casa e ignorando os demais, o que já era um hábito.

O clima na casa continuou pesado, mesmo com a saída do sogro. Não tinha como a alegria de minutos atrás voltar a ocupar o seu lugar. Cabisbaixo, Lucas pediu permissão para dirigir-se ao quarto, mas antes que sumisse nas escadas que levavam ao andar superior, em uma tentativa de animá-lo, Melissa perguntou:

— Filho, qual o sabor da pizza? — E, ao reconhecer um lampejo de felicidade em seus olhos, acrescentou: — Com Coca-Cola? — Eles nunca tinham refrigerante em casa, mas hoje ela daria tudo o que filho quisesse, não importava a cara de espanto de Raul, que a olhava sem entender nada. Eles tinham um acordo de não consumir comida processada e industrializada em casa. *Mas não hoje*, pensou.

— Calabresa e quatro queijos. Pode ter borda de catupiry? — arriscou-se, pois sabia que estava abusando da sorte.

— Claro. Te chamo assim que chegar.

Raul esperou o filho sair de vista para indagar:

— O que aconteceu? Desde quando comemos pizza nessa casa? — bradou, enquanto observava a esposa fazer o pedido pelo aplicativo.

— Você não queria passar mais tempo com seu filho? Comemos com ele e depois beliscamos no jantar. E pizza não é uma comida de outro mundo, amor. Ele adora e não aprendeu a comer conosco. Então, por que não flexibilizar?

Raul não contestou. Aproveitando que tinha a sua atenção, continuou:

— Ele é só uma criança que precisa fazer coisas de criança. Você viu a carinha dele quando seu pai disse que deveria passar as férias estagiando na empresa?

— Não vejo mal nenhum. Na idade dele eu fazia a mesma coisa.

— Mas eu vejo. Ele quer ir para aquele acampamento nas férias. É o último ano. Vamos deixar, por favor. Eu posso me hospedar na pousada e ficar de olho.

— Você sabe que não é possível. Papai recebeu algumas ameaças este ano e seria inviável montar uma estrutura de segurança.

— De novo essa história? Seu pai recebeu ameaças, Raul! Não você, Lucas ou eu. Eu ando sem segurança toda hora e sequer fui assaltada! Já parou para pensar nas coisas que estamos deixando de viver por conta disso? E não falo nem mais de mim, mas do nosso filho!

— Eu não vou discutir novamente esse assunto com você. Vou subir e me preparar. Não se atrase. Saímos de casa em duas horas.

5

Mabel chegou em casa pouco antes das nove da noite. Ela não estava tão bêbada, mas sentia a letargia provocada pelo álcool que ainda circulava pela sua corrente sanguínea. Logo depois da segunda cerveja, Rebeca começou a encher a amiga de água e refrigerante, para que se recuperasse e chegasse bem em casa. Mabel não era de descarregar suas frustrações no álcool; na verdade, sequer tinha tempo para isso, mas, naquele dia, com as amigas, deixou-se levar. Por algumas horas queria descansar daquele lado que ocupava noventa por cento do seu dia — o de mãe. Queria esquecer as responsabilidades, os cronogramas milimetricamente planejados, a hora exata de acordar, preparar refeições, entreter as crianças, fazer atividades escolares, apartar brigas, lavar banheiros e limpar sujeiras. Por aquelas horas, queria ser apenas a menina do Andaraí e, ainda que a sua realidade e a das amigas fossem diferentes, elas cresceram juntas e se conheciam como ninguém. Não tinha camada de maquiagem e roupa chique que escondesse os dramas, sonhos e angústias que cada uma carregava. Mabel sabia que precisava mudar, mas tinha de ser devagar.

Qualquer decisão drástica, causada por um impulso de uma bebedeira, a deixaria decepcionada.

A casa estava escura, mas a TV ligada iluminava o quarto, sinal de que Rômulo ainda estava acordado.

— Oi, bem, tudo tranquilo? — falou baixo, para não acordar as crianças, enquanto escondia a boca dentro da blusa para que seu hálito carregado de álcool não invadisse o quarto e denunciasse o quanto tinha bebido.

— Hum, hum — assentiu, sem tirar os olhos do replay do jogo de futebol que passava na TV, enquanto Mabel pegava uma calcinha e camisola no armário para tomar seu banho.

Ao tocar a roupa íntima, lembrou do comentário de Melissa e começou a analisar as peças que tinha. Todas de algodão, algumas já esgarçadas, algumas furadas, outras manchadas. Sentiu vergonha por não ter reparado antes. Olhou para o marido, que estava quase cochilando, e perguntou:

— Bem, o que você acha das minhas calcinhas?

— O quê? — reagiu alarmado com a pergunta fora de contexto, deixando a esposa encabulada.

— Estava pensando sobre o que você acha das minhas roupas íntimas — insistiu, tímida.

— E por que eu deveria pensar algo sobre elas? — sondou com todo o cuidado, já sentado na cama, sentido que estava andando em um campo minado. Ele sempre desconfiava quando Mabel fazia esse tipo de pergunta porque ela era muito sensível. Rômulo já tinha passado por situações semelhantes no passado e sabia que a resposta correta era a que passava pela cabeça da esposa, algo impossível de prever. Querendo evitar drama no final do dia, desconversou: — A propósito, sua irmã flagrou Daniel usando o vestido de Sofia.

— Ah, não! — praguejou, esquecendo da pergunta que fizera ao seu marido.

No último ano, Daniel, o filho do meio, passou a demonstrar curiosidade pelo universo feminino. Sempre que podia, pegava uma roupa ou acessório de Mabel ou de Martina para usar em casa. Ainda que não soubessem o que fazer a respeito, eles achavam que era apenas uma fase, já que ele também usava suas fantasias de Homem-Aranha e Batman. Além disso, toda experimentação era limitada ao ambiente familiar. Pelo menos até aquele dia.

— Ela deu uma bronca nele, dizendo que isso era feio, pois era roupa de menina e contou para a sua mãe — acrescentou Rômulo —, que me deu o maior sermão. Ela acha que eu não faço coisas de homem com meu filho.

— Que merda.

— É, que merda — concordou, voltando a se deitar e a encarar a televisão.

— Ele ficou chateado?

— Não sei. Não toquei no assunto — admitiu Rômulo. — Afinal, como conversar sobre isso com uma criança de cinco anos?

Mabel não soube o que responder e tampouco queria discutir esse assunto. Ela se preocupava com o filho. Mais um item na sua infinita lista de preocupações. Não tinha nada contra ele se declarar gay, não binário ou qualquer uma dessas inúmeras possibilidades de gênero que se esforçava para aprender, apesar de ser um tanto exagerado pensar sobre isso nesse estágio da sua curta vida. O assunto era um tanto complexo, porque, ao mesmo tempo em que ela se esforçava para criar um ambiente familiar em que Daniel se sentisse seguro para conversar sobre qualquer coisa, caso necessário, ela também sofria antecipadamente por algo que ainda não havia acontecido — e talvez nem acontecesse. Esse assunto dava um nó em sua cabeça. Por isso, aproveitou o embalo do álcool e afastou o pensamento.

Entrou no banheiro e tirou a blusa, sentiu o cheiro de azedo e frustrou-se ao dar-se conta de que Melissa tinha razão. Como poderia achar aquilo normal? A calça jeans, grudada na pele, por conta do suor, custou a sair. Trajando apenas calcinha e sutiã, olhou-se no espelho e não gostou do que viu. O problema não era o fato de ter ganhado mais de quinze quilos em um ano. O problema era como tinha deixado de se cuidar. E de gostar de si mesma.

Debaixo do chuveiro, enquanto molhava o cabelo, lembrou-se da conversa que teve com Rebeca sobre retomar a sua carreira. Já que não tinha nenhuma entrevista em vista, poderia ao menos dedicar parte do seu tempo para fazer algo produtivo. Navegando pelo Instagram com a amiga viu uma infinidade de perfis que se dedicavam a fazer resenhas de livros, revisões de textos, e animou-se ao perceber que poderia fazer algo semelhante, começando pelas obras que já dominava. Decidiu também que contrataria uma funcionária para ajudá-la nas tarefas de casa e que conversaria com Rômulo ainda naquela noite.

Saindo do chuveiro, enxugou os cabelos sem reparar nos fios brancos que começavam a se destacar. Abriu o pequeno armário em busca dos cremes de pele que há tempos não usava. *É um bom momento para eu começar a cuidar de mim mesma*, pensou. Se fizesse direito dessa vez, tudo se arranjaria. Pegou o primeiro pote e deu-se conta de que o cheiro estava estranho. Analisando o pequeno frasco, percebeu que estava vencido. Procurou pelos demais produtos e constatou que estavam na mesma situação: ainda cheios, porém fora da data de validade. Desistiu de retomar uma rotina de pele àquela hora da noite e se vestiu. Queria conversar com Rômulo sobre as mudanças que planejava fazer na sua vida e, quem sabe, se tivesse sorte — aproveitando que o álcool amenizava a sua vergonha —, tomar a iniciativa de namorar um pouco. Animada, abriu a porta do banheiro, aprumou o corpo e respirou fundo. Mas, ao aproximar-se da cama, percebeu que, apesar da televisão ligada, seu marido já dormia.

∽

Eram cinco da manhã quando o despertador tocou. Com a cabeça pesando mil toneladas, Mabel moveu a mão em direção à cabeceira e desligou o celular, dando-se alguns minutos adicionais antes de encarar a lida. Mas os berros vindos do outro cômodo foram o suficiente para acordá-la para a realidade. Com dificuldade, sentou-se na cama e sentiu o corpo reclamar da quantidade de bebida que tinha ingerido na noite anterior. Pensou em pedir a Rômulo que buscasse Vicente, mas desistiu. Queria conversar com ele ainda naquela manhã sobre a necessidade de contratar uma funcionária. Portanto, seria prudente deixá-lo dormir mais um pouco.

Encaminhou-se para o quarto que Vicente dividia com Daniel e encontrou seu filho chorando a plenos pulmões. De forma automática, seguiu para a mesma rotina que se repetia dia após dia: troca de fralda, remédio de refluxo e rezar para ele aguentar os trinta minutos necessários de jejum antes da mamadeira. Como sempre, seu filho recusou o remédio, o que exigiu dela uma paciência que milagrosamente brotava a cada manhã. Como se estivesse em uma corrida de obstáculos, ligou a televisão em um canal de músicas para bebês, posicionou o cercadinho em frente à tela e foi para a cozinha adiantar o café da manhã. Por precaução, resolveu checar a lancheira das crianças para confirmar se Rômulo tinha preparado o lanche na noite anterior, como ela sempre fazia, em uma débil tentativa de aliviar a rotina pela manhã. Não tinha. Colocou café e água na cafeteira elétrica, três pães na torradeira e preparou, com maestria, ovos mexidos. Vicente começou a reclamar na sala, ao que foi ignorado. Mabel abriu o armário e pegou o primeiro pacote de biscoitos que viu e colocou em dois potinhos distintos, um para Martina e outro para Daniel. Apressou-se em guardar na mochila antes que a filha aparecesse de surpresa e reclamasse do lanche pouco balanceado. *Talvez seja melhor dar dinheiro para ela comprar na cantina e evitar o conflito*, ponderou. Mas, ao olhar para o relógio na parede e constar que estava dez minutos atrasada, esqueceu-se da ideia.

Preparou a mamadeira de Vicente e foi acordar Martina. Por sorte, a menina tinha autonomia suficiente para se arrumar sozinha e pouco dependia da mãe. O problema era Daniel.

— Não quero ir para a escola — reclamou, enquanto se enrolava na colcha.

— Vamos, filho, por favor, estamos atrasados.

— Mãe, meu sabonete do rosto acabou! — gritou Martina do banheiro.

— Tudo bem, compro outro hoje — respondeu no automático, enquanto tirava a colcha do corpo do filho e começava a tirar o seu pijama para vestir o uniforme enquanto ele resistia.

— E como você espera que eu vá para a escola com o rosto assim? — Apareceu no quarto reclamando, apontando para si mesma, com uma ferocidade pouco usual para aquela hora da manhã. Como se daquele líquido azul que jazia em um diminuto frasco, que custava um preço exorbitante, dependesse a sua vida.

Mabel olhou para o rosto da filha, procurando o que tanto lhe afligia, mas não viu nada. Pensou em responder que ela precisava economizar, já que o sabonete em questão deveria durar o mês inteiro, mas não queria comprar briga. Não àquela hora da manhã, enquanto tentava, sem sucesso, colocar a blusa do uniforme na cabeça de Daniel, ao mesmo tempo que Vicente se esgoelava sem paciência e ela aguardava para conversar com o marido sobre as mudanças que gostaria de fazer.

Ouviu o banheiro do chuveiro do seu quarto ser desligado e calculou que em dez minutos Rômulo sairia por aquela porta, tomaria uma xicara de café ainda em pé, a alertaria sobre o óbvio — que Vicente estava com fome —, e sairia apartamento afora.

— Daniel, se você não se levantar nesse exato minuto, eu não vou mais emprestar nenhum vestido meu!! — ameaçou, sentindo-se envergonhada logo depois.

Ao ver que o menino rapidamente se levantava, correu para a sala e foi preparar a mamadeira de Vicente enquanto Rômulo se aproximava.

— Bom dia, bem. Podemos conversar?

— Estou com pressa, benzinho. Pode esperar até à noite?

Não. Não podia esperar. Em seu planejamento, ela dedicaria a manhã a buscar algumas candidatas em potencial para ajudá-la nas atividades domésticas. Pensar em ter que aguardar outras onze horas para conversar sobre isso era muito frustrante.

— Papai, a mamãe não comprou meu sabonete. Como posso ir para a escola assim? — interrompeu Martina, bradando o pequeno frasco diante do pai, como que esperando por algum apoio.

— Não tem sabonete no armário? — assombrou-se Rômulo, sem entender ao certo ao que a filha se referia.

— Ninguém me entende nessa casa! Eu não mereço viver assim! — explodiu a menina, ao que Rômulo olhou para mulher, sem compreender o motivo de tanta fúria.

O rompante da dramática saída de Martina foi o suficiente para Daniel se assustar e derramar o leite no uniforme da escola.

— Estou atrasado. Até mais tarde — despediu-se Rômulo sem se abalar com o furacão que deixava para trás. — E Vicente está com fome! — gritou enquanto fechava a porta atrás de si.

Mabel olhou para o rotineiro caos matinal e, ao mesmo tempo que tentava administrar a mamadeira de Vicente, corria para pegar uma nova blusa para o filho. Apesar da confusão, conseguiu deixar as crianças no portão da escola às sete horas em ponto. Mas, dessa vez, não teve pressa em voltar para casa. Não tinha energia para encarar a cozinha desarrumada e o leite derramado no chão. Aproveitando que Vicente caíra em um cochilo gostoso, sentou-se no banco de concreto perto da escola e começou a navegar pela sua nova conta no Instagram. A possibilidade de fazer algo novo deu-lhe um conforto como há muito não sentia. Enquanto analisava aqueles perfis de resenhas, aproveitava para fazer anotações no celular sobre o que poderia fazer de diferente para se destacar naquele meio.

6

— Achei que tinha visto uma miragem, mas é você — brincou Davi, enquanto puxava a cadeira e se sentava.

Rebeca olhou para ele e tentou esquecer o vexame da semana anterior, quando ele a viu desabar após a entrevista catastrófica. Focou em como ele estava lindo e diferente com aquele cabelo dando os primeiros tons de grisalho, camiseta branca e uma calça de moletom cinza. Lamentou, por um momento, que fosse seu funcionário. E gay. Além disso, *era tão injusto que homens ficassem charmosos com cabelo branco e mulheres não*, pensou. Ao perceber que o olhava fixamente, por mais tempo do que reza a cartilha da boa educação, sacudiu a cabeça para obrigar-se a sair do transe.

— Talvez seja eu que esteja vendo uma. Nunca te vi assim — reforçou, referindo-se aos seus trajes informais, já que Davi sempre estava impecavelmente vestido, com roupas tão caras que ela sabia que não eram compradas com o salário que pagava.

No último ano, ele recebeu propostas de trabalho mais tentadoras; contudo, nunca aceitou. Rebeca não queria perder o melhor profissional, mas sabia que não podia pagar o que ele valia. Uma vez, ao questioná-lo sobre o motivo de não aceitar uma daquelas ofertas, ele respondeu que gostava de trabalhar ali e que, por isso, não existia motivos para sair. Simples assim, como se o mercado da beleza não fosse um dos mais concorridos com funcionários em alta rotatividade, passando de um local para o outro o tempo todo. Por isso, Rebeca nunca se opôs a trabalhos paralelos, era o mínimo que poderia fazer.

Sem fazer cerimônias, Davi pegou o penúltimo pedaço de pizza que estava sobre a mesa e deu uma mordida.

— Geralmente fico só de cueca em casa. Mas como estamos em um hotel, tive que colocar um pouco mais de roupa — brincou. — Você não saiu com o pessoal?

Aquele foi o primeiro dia de desfile e o próximo compromisso de Rebeca seria em dois dias, o que daria tempo de sobra para curtir as festas que sempre rolavam após o trabalho. Ela nunca dispensava esses eventos, aproveitava cada segundo da vida como se fosse único, por isso Davi nunca imaginou encontrá-la ali, no meio do bar do hotel onde estavam hospedados, à meia-noite, comendo pizza fria.

— Hoje não — respondeu, apática. — E você, não se animou para sair?

— Raramente saio — afirmou, enquanto observava como Rebeca estava abatida, sem a maquiagem de costume. — Aconteceu alguma coisa?

Por mais que trabalhassem juntos há dois anos, eles nunca foram íntimos. Ele sabia mais da vida de Melissa, sua amiga, do que da vida dela. Ainda que nesse momento boa parte da sociedade carioca soubesse da pior parte da sua história, Rebeca sempre foi muito reservada e não misturava vida pessoal e profissional.

— Acho que só estou cansada — desconversou.

— Tem certeza de que é apenas isso? Já te vi cansada outras vezes, por trampos piores, mas nunca assim.

Rebeca olhou para o pedaço de pizza em sua mão e devorou com vontade. Era difícil dizer o que a afligia, já que nem ela mesma sabia ao certo. Apenas sentia cansaço. Seu corpo reclamava. Pela primeira vez ponderava se não deveria tirar umas férias

— Sei lá. Acho que estou esgotada. Já não sinto mais prazer nessas saídas. Posso dizer exatamente o que vai rolar. Vou chegar no lugar, todos vão me bajular. Garotos cada vez mais novinhos vão se aproximar, pensando que uma simples transa pode ser o trampolim para a carreira deles ou achando que eu sou a deusa do sexo, daquelas que faz malabarismos na cama, graças à mídia tóxica. Enquanto isso, as mulheres me olharão com um misto de admiração e inveja. Ao mesmo tempo que amam meu trabalho, me detonam pela fama de pegadora de jovens, e ainda vão fofocar sobre as minhas rugas. — Riu de forma amargurada.

Rebeca olhava para Davi enquanto terminava de comer, imaginando se ele a achava patética ou esnobe. Mas não conseguiu sustentar o olhar por muito tempo, tamanha a vergonha que sentia por ter dito tudo aquilo em voz alta. Ultimamente estava assim, sem filtro. E esse era outro problema que a afligia. O que estava acontecendo com o seu humor?

O silêncio constrangedor foi interrompido por Davi.

— Você faz isso mesmo?

— O quê?

— Malabarismo durante o sexo? — perguntou, sério.

Rebeca engasgou e cuspiu a bebida que tinha acabado de beber. Ao perceber que havia molhado o moletom de Davi, sentiu o rosto queimar.

— Calma! Estava brincando! — acalmou Davi ao notar o quanto ela tinha levado a sério. — Não sabia dessa sua fama, é nova para mim. — Começou a rir.

— Desculpa — disse, encabulada. — Nem tudo o que dizem por aí é verdade — apressou-se em esclarecer, mais séria do que devia. — Esse é um dos problemas em sair com os novinhos. Sai uma notícia na mídia e eles potencializam tudo.

— E você se preocupa com isso?

Rebeca olhou para ele, decidindo se ele estava falando sério ou se era outra piada.

— Ao que você se refere, especificamente? — optou por esclarecer.

— A respeito do que as pessoas pensam sobre você.

Por impulso, quase que Rebeca negou. Mas ela sabia que não era verdade. Ao perceber o garçom por perto, pediu outro gim-tônica.

— Eu queria não me importar, mas nem sempre consigo. Aliás, no dia em que você conhecer alguém que seja imune a opinião dos outros, me avise. Quero saber o segredo — disse, finalizando o seu drink para que o garçom pudesse substituir a taça.

Davi pediu uma cerveja.

— Se importa se eu ficar mais um pouco? — perguntou.

— Você deveria ter perguntado isso minutos atrás. Antes de comer a minha pizza. — Riu, quase esquecendo o constrangimento pela conversa. — Sabe o que eu queria, de verdade? — E, ao perceber que tinha a atenção de Davi, continuou: — Poder fazer o que eu quisesse, sem ter de me justificar.

— Mas você já não faz isso?

— Faço, de certa forma. Mas termino virando escrava das minhas próprias ideias. É como se eu não pudesse voltar atrás, entende? — disse. — Por exemplo, está vendo esse cabelo todo iluminado que você fez? — Sinalizou para o seu novo *look* que virou o mais pedido desde que ela postou no Instagram. — Se dependesse de mim, eu ainda estaria com as raízes por retocar. Mas não posso...

— Porque tem uma imagem a zelar — completou Davi.

— Isso mesmo.

Davi sorveu um longo gole da cerveja que acabara de chegar. Contudo, seu olhar foi atraído para uma pessoa que acenava através da divisória de vidro que separava a recepção do restaurante. Foi impossível não notar o sorriso genuíno que iluminou seu rosto.

Rebeca acompanhou seu olhar e viu um animado rapaz em torno dos vinte e cinco anos, carregando uma mochila nas costas.

— Desculpa, eu tenho que ir — interrompeu, largando o copo sobre a mesa e levantando. — Nos vemos depois?

Um ressentimento assolou Rebeca ao dar-se conta de que terminaria a noite sozinha. Por alguns minutos, nutriu a esperança de que Davi a acompanhasse durante a pausa entre desfiles, mas, ao que parece, ele tinha outros planos. Estava esperando o garçom olhar para ela, para pedir a conta, quando foi surpreendida:

— Preciso te dizer uma coisa — disse Davi, apressado. — Esqueça os novinhos, eles não estão com nada. Se for para ter sexo sem compromisso, aconselho que busque alguém com mais experiência. E pegada.

Rebeca sentiu o rosto queimar, tentou esconder e praguejou. Quando levantou a cabeça, Davi não estava mais ali. Ao olhar para o lado, o viu abraçado com seu acompanhante, seguindo em direção ao elevador. E o pensamento que veio em sua mente, para seu horror, é que gostaria de ter algo assim.

∽

— Anda, anda! — gritou a plenos pulmões o assessor do estilista para a próxima modelo que aguardava nos bastidores.

Freneticamente, Rebeca e Davi analisavam o cabelo e a maquiagem de cada modelo para terem a certeza de que estavam no lugar certo, de acordo com o conceito visualizado pelo estilista. Ainda que todos os detalhes tivessem sido repassados milhões de vezes em reuniões exaustivas, a insegurança imperava. Aquele estilista, o Andrés, era conhecido pela extrema volatilidade e, por isso, mudava de opinião a toda hora. Não raro, profissionais se recusaram a trabalhar com ele, porque, em um evento daquele porte, era preciso ter equilíbrio emocional. O investimento de tempo e dinheiro era muito alto para mudar de opinião a todo instante. Bastava um olhar diferente de alguém que ele respeitasse, ou temesse, uma pausa demorada de um interlocutor durante uma conversa sobre suas roupas, para que Andrés decidisse mudar tudo o que fora discutido à exaustão. O que levou Rebeca a aceitar aquele trabalho era a admiração que tinha por seu talento e a proposta única, algo nunca visto em um meio onde reciclar ideias era sinônimo de originalidade.

— Rápido, a música já vai mudar! — gritou uma produtora para a modelo que acabara de sair da passarela, mas que precisava se trocar. Rebeca correu ao seu lado e a ajudou a retirar a roupa apertada para evitar danos ao cabelo e à maquiagem, o que seria um desastre àquela altura.

Nos bastidores, o estilista andava de um lado para outro, roendo as unhas, olhando para a plateia a todo instante. Com as mãos na cabeça, aproximou-se de Rebeca e perguntou:

— Você acha que eles estão gostando?

Rebeca não tinha a mínima noção. Pela primeira vez, não teve condição de dar nenhuma espiadinha.

— Será que esse conceito de cabelo e maquiagem está muito arrojado? Ai, meu Deus! Esse é o trabalho de um ano inteiro, não posso errar!

Ao perceber que ele analisava a modelo recém-despida e mexia em seu cabelo, Rebeca adiantou-se e tentou argumentar:

— Andrés, volte e fique perto da passarela. As modelos precisam de você. Dá segurança saber que o artista que idealizou tudo está perto, de olho, prestigiando o trabalho delas. Deixa que eu cuido de tudo.

— Tem certeza? Não acha que poderíamos mudar isso aqui? — Apontou para uma mecha solta no cabelo da modelo.

— Deixa comigo. Só faltam apenas quatro entradas para o desfile terminar.

— Ai, meu Deus! Já? Acho que não vou aguentar de tanta tensão! — Hiperventilou, seguindo em direção à coxia.

Atento à cena que se desdobrava, Davi aproximou-se.

— Precisa de ajuda? Vamos mudar alguma coisa? — sussurrou, preocupado.

— Não. Deus me livre! Não dessa vez. Fique de olho na próxima modelo que está para entrar enquanto eu preparo essa daqui. Falta pouco para acabar.

— Um brinde ao Andrés, que apresentou a coleção mais bafônica de toda São Paulo Fashion Week! O que foi aquilo, amigo!? Que conceito! — vibrava uma mulher que Rebeca não conhecia, mas aparentava ser bem famosa, pela forma como as pessoas concentravam-se ao seu redor como pajens.

Rebeca não teve como escapar desse evento. A salva de palmas que irrompeu o salão tão logo o desfile acabou, não deixou. Em menos de alguns minutos, ela se viu cercada de pessoas desconhecidas e novos estilistas que queriam contar com seu trabalho na próxima edição do desfile. Andrés também estava esfuziante de tanta felicidade e a levou pelos braços para o *after party* organizado por seus amigos.

— Está curtindo a festa? — perguntou Davi, recém-chegado ao local. Ele ficou de organizar o recolhimento de todo o material do salão, enquanto Rebeca seguiu com o estilista.

— Achei que você não vinha.

— Mudei de ideia — disse sem maiores explicações.

— A vontade que tenho é de encher a cara. Não aguento mais.

— E por que não enche?

— Está falando sério? Quando estou sóbria eu sou manchete de revista, imagine bêbada!

— Ah, pare com isso! Já disse que você tem de parar de pensar nos outros.

— E eu já te disse para me apresentar uma pessoa que não se importe com isso. Quero saber os segredos.

Davi aproveitou que um garçom passava ao lado e pegou duas taças de espumante.

— Um brinde à sobrevivência! — exclamou.

Rebeca riu com a irreverência. Arrependeu-se de ser tão dura no salão, evitando envolver-se com seus funcionários e já pensava em formas de derrubar o muro que criara. Estava adorando conhecer essa outra faceta de Davi.

— E nunca mais me chame para trabalhar com um louco como esse. O risco não vale a pena — confessou em seu ouvido.

— Não vale mesmo. Estou satisfeita. Já posso colocar no meu currículo que trabalhei para o grande Andrés. Já deu — cochichou, enquanto virava a taça com a bebida. — Outro! — disse, animada pela súbita ingestão de álcool. — Acho que vou seguir seu conselho e me embebedar hoje.

Ela não conhecia quase ninguém naquela festa que tinha a elite da sociedade paulistana em peso. De vez em quando era abordada por alguém que queria conhecê-la, mas nada comparado ao que acontecia com Davi. Ele parecia confortável naquele meio, enquanto posava sorridente para os pedidos de *selfies* feitos por inúmeras mulheres que pareciam ser da mesma família, de tão parecidas que eram, com o mesmo corte de cabelo, mesmo tom de luzes e estilo de roupa.

De repente, sentiu o corpo reclamar. Como ainda não podia ir embora, olhou ao redor procurando um local afastado onde pudesse descasar seus pés, que queimavam dentro daquele scarpin salto quinze.

Enquanto caminhava para o fundo do salão, aproveitou para servir-se da comida exposta. Se estava disposta a beber, precisava colocar alguma coisa dentro do seu estômago para não dar vexame. Deu uma risada ao pegar um salgado minúsculo com o que parecia ter uma pitada de caviar no topo. Pensou na fortuna que deveriam ter pagado por aquela iguaria que não enchia a barriga de ninguém. Olhou ao redor e, ao perceber que ninguém a observava, colocou cinco salgados no bolso do blazer. Em seguida, sem a menor cerimônia, pegou duas taças de espumante com o garçom que passava e seguiu em direção ao que parecia ser um terraço.

— Eu vi o que você fez — acusou Davi, minutos depois.

Tomada pelo susto, Rebeca ajeitou-se na poltrona e calçou os pés dentro do sapato, mas não sem antes praguejar.

Achando graça da cena inusitada, Davi esclareceu:

— Estava falando dos salgados. Você vai machucar os pés se continuar insistindo. Tenha pena deles que ficaram confinados nesse Louboutin o dia todo — ponderou. — Me dá um?

— Já adianto que não serão suficientes para matar a sua fome — esclareceu enquanto tirava um salgado, quase esfarelado, do seu bolso e repassava para ele. — Você conhece bastante gente por aqui — comentou, enquanto pegava outro salgado para si.

— Nem tanto. Apenas algumas pessoas. A maioria é amiga de clientes que vieram conversar comigo e pedir conselhos. Já conseguiu ficar bêbada? — brincou, ao notar que ela acabara de virar uma taça e já pegava a outra, sem perder tempo.

— Ainda não. Isso aqui está tão chato, que nem a bebida ajuda a entrar no clima.

Davi retirou o blazer que usava e sentou na cadeira ao lado.

— Quer voltar para o hotel?

— Não. Queria dançar, sabe? Como se não houvesse amanhã — confidenciou, fechando os olhos e abrindo os braços, como se estivesse pronta para abraçar o mundo.

— Achei que você estivesse de saco cheio de festas.

— E estou. Mas dessa aqui, onde eu preciso pisar em ovos. Se eu conhecesse melhor essa cidade, me enfiaria em uma balada onde ninguém saberia quem sou e voltaria para o hotel apenas com o nascer do sol.

Davi levantou-se da cadeira, pendurou o blazer em um dos ombros, estendeu a mão e disse:

— Seu desejo é uma ordem.

⚜

— Que lugar é esse?? — gritou mais alto do que devia, tentando se fazer ouvir sobre a música que reverberava em seus ouvidos.

Ela olhava admirada para aquele lugar de chão quadriculado com ares retrô, paredes de tijolinho, teto todo revestido de tecidos coloridos e com bar espelhado. Nada combinava. Mas a falta de coordenação dava um estilo único àquele lugar, o que a deixou maravilhada, como uma criança que entra na Disney pela primeira vez e não deseja perder nenhum detalhe.

Davi a conduzia para um outro ambiente, onde um largo salão abrigava uma multidão que pulava ao som da banda que tocava ao vivo. Mas, para além da animação, outra coisa chamava a sua atenção: a grande quantidade de pessoas LGBTQIA+ presentes no espaço. Olhando ao redor, não localizou um único casal hétero.

— Você não disse que queria ir a uma balada onde ninguém te conhecesse? — perguntou Davi, como que adivinhando a pergunta que Rebeca não fez. — Fica aqui que eu vou pegar uma bebida pra gente.

Animada com a novidade, acompanhou Davi com os olhos, enquanto ele se aproximava do bar e pedia as bebidas. Por um breve momento se perguntou como ele tinha encontrado aquele oásis no meio da cidade de pedra. E ao dar-se conta do quão confortável ele circulava pelo local, concluiu que provavelmente ele já tinha estado ali antes.

— O primeiro de muitos — gritou em um brinde. — E vamos aproveitar até a noite acabar! — sussurrou em seus ouvidos, para surpresa de Rebeca.

Ela deu um trago na bebida e aprovou. Deixando-se levar pela música, tentou puxar Davi, mas ele a impediu.

— Espera — disse enquanto, sem aviso prévio, abaixou-se e tocou a canela de Rebeca, tirando os seus sapatos.

— O que você está fazendo? — gritou, desconcertada, tentando se fazer ouvir sob a música.

Com os sapatos em mãos, ele levantou-se e cochichou em seu ouvido, perto demais:

— Se for para curtir, que seja com conforto. Essa noite eu quero que você esqueça o que tanto te atormenta. — E se afastou rapidamente, em direção a um guichê onde deixou os sapatos e sua mochila, sem dar tempo de Rebeca questionar e processar o desconforto que aquela aproximação trazia.

Já passava de uma hora da manhã quando o DJ parou de tocar. Rebeca bebeu como há muito não fazia, e sentia como se estivesse flutuando no ar. Foram tocadas músicas dançantes da década de 1970 e 1980, e foi impossível ficar parado. Ela recebeu algumas cantadas de mulheres, que recusou timidamente.

Davi também foi abordado por alguns rapazes e em alguns momentos deixou-se levar, dançando com eles. Mas a pausa musical durou pouco. Uma balada romântica começou a tocar, fazendo com que casais retornassem à pista entregues em carícias sem limites. Eles recuaram um pouco, ao que Davi aproveitou para perguntar:

— Cansada? — Rebeca negou com a cabeça.

— Não poderia ter lugar melhor para eu dançar. Obrigada. Só ficou faltando uma coisa.

— O quê? — perguntou Davi.

— Uma boca para eu beijar. Fiquei pensando no seu conselho de outro dia. Mas aqui já vi que aqui não vai rolar — disse, desinibida, encorajada por todo álcool que bebera.

Então Davi se aproximou, só que dessa vez Rebeca não estranhou. Eles passaram a noite toda sussurrando no ouvido um do outro.

— Quem disse? — perguntou com a voz rouca, enquanto roçava a barba recém-crescida no pescoço de Rebeca.

Ela se arrepiou e seu primeiro impulso foi se afastar. Mas quando Davi deixou um beijo em seu pescoço no mesmo local onde tinha roçado a barba, desistiu. Com frequência, era ela que partia para caça, mas fazia tempo que não era cortejada e sentia o sangue correr acelerado por suas veias. Há tempos que não ouvia o coração bater na sua boca e não sentia aquele calor percorrer seu corpo. Apesar de se sentir inebriada, Rebeca tentava resistir, lembrando que trabalhavam juntos; não queria complicações. Mas ela não aguentou. *É só um beijo, que mal pode haver nisso?*, pensou.

— Tem certeza de que seu namorado não vai ficar chateado? — tentou assegurar-se com uma voz estrangulada.

Mas Davi não ouviu. Ou fingiu não ouvir. Ao ver que Rebeca não se afastou, chegou mais perto e colou seu peito ao dela, abraçando-a pela cintura. Retirou a boca do pescoço da mulher e olhou fundo em seus olhos, como que pedindo permissão para continuar. Rebeca já não sentia as pernas, seus olhos estavam em brasa e sua boca salivava. E, apesar de estar gostando de ser a caça pela primeira vez, não aguentou esperar. Sem dar nenhum aviso prévio, colou seus lábios nos de Davi e perdeu-se em um beijo sem fim.

7

Apesar das inúmeras tentativas, Mabel não gostava do que via no espelho. Tentando fazer diferente, explorava uma nova possibilidade de carreira que a empurrava para o que sempre evitou: aparecer diante das câmeras. Seu trabalho como redatora era nos bastidores, assinando uma matérias, entrevistando pessoas, mas protegida por um pedaço de papel que no máximo revelava seu nome, nunca sua imagem. Realidade diferente de jornalistas dos canais de televisão que estavam sempre gloriosos e confiantes ao entrarem no ar. Mabel achava aquilo lindo e glamouroso, contudo nunca se permitiu tentar. Acreditava que a rotina de um repórter de rua, sempre caótica e inesperada, era incompatível com a vida de uma mãe de família.

De casa, enquanto Vicente cochilava, ela escrevia roteiros e gravava vídeos falando sobre seus livros preferidos, em vez de escrever resenhas curtas, já que existia limite de caracteres no Instagram. Só que ela nunca publicava, acumulava no rolo da câmera. Estava orgulhosa do conteúdo que escrevera, sagaz e inteligente. Tinha a certeza de que tinha acertado no tom quando reparou que Martina passava cada vez menos tempo no tablet ou com as amigas do prédio para espiá-la, com uma pintada de interesse. Para Mabel, era natural abordar com simplicidade obras complexas, como as de Machado de Assis. Seguindo dicas de antigos colegas de redação, fingia que estava conversando com as amigas. E a certeza de que aqueles vídeos nunca veriam a luz do dia a deixava ainda mais solta e descontraída.

Mas era brutal ver sua imagem refletida na tela do celular. Seu rosto redondo ocupava quase todo o quadrante do *post*. Seu cabelo parecia sem corte e sua pele sem viço. Ela sabia que não era tão linda quanto Rebeca e Melissa, mas o que via era muito cruel. Usou as melhores roupas que dispunha, arriscou uma leve maquiagem, mas nada. Para piorar, constatou que nenhum cenário da sua casa era bom o suficiente para ser utilizado como pano de fundo. Não tinha nenhuma área "instagramável", termo repetido inúmeras vezes por sua filha em uma tentativa atroz de mudar a decoração do próprio quarto. Nenhum cantinho de parede do seu minúsculo apartamento tinha sobrevivido aos três filhos.

— Tenta assim — disse Martina, quando percebeu que a mãe estava incomodada com o ajuste da câmera no sofá onde estava sentada.

A filha pegou dois echarpes que a mãe tinha pensado em usar como vestimenta e jogou, displicentemente, no sofá.

— O que você acha? — perguntou, um tanto ansiosa.

— Gostei, filha. Gostei muito.

Animada com o retorno da mãe, a filha continuou:

— Você também poderia tirar essa blusa e colocar outra com decote em V.

Mabel olhava para a filha sem saber de onde ela tirava aquelas ideias. Antes que tivesse tempo de dizer qualquer coisa, Martina já estava com uma blusa em mãos.

— É só para o vídeo, mãe. Essa blusa tem uma cor que combina com sua pele. Você deveria cortar seu cabelo — continuou, analisando o rosto da mãe. — Mas, enquanto isso, pode fazer um coque alto, meio bagunçado, que vai ficar lindo. Sabe aquela coisa: "Tô chique, mas nem tanto"?

Desde então, todos os dias, antes de dormir, Martina deixava pelo menos duas blusas separadas para a mãe usar na gravação do dia seguinte. Fazia também mudanças sutis no cenário e dava sugestões de roupas que a mãe deveria comprar. Mabel também pedia sua sugestão sobre o próximo livro que deveria abordar e ouvia atentamente tudo aquilo que a menina tinha para falar.

Com o tempo, as manhãs na casa passaram a ser mais calmas. Martina já não se importava tanto com os itens de *skincare*, as mudanças de humor reduziram drasticamente, mas começara a cobrar a mãe pelo essencial: quando os seus vídeos veriam a luz do dia. Como toda adolescente, estava curiosa para ver quantas curtidas e engajamentos a mãe teria, mas Mabel desconversava, dizia que ainda precisava acumular mais conteúdo para conseguir manter uma frequência — tudo desculpa esfarrapada.

Demorou um pouco para o marido notar a mudança na casa e mostrar-se curioso com as montagens de cenário que Martina fazia. Às vezes, quando os menores estavam dormindo, Mabel permitia-se gravar algumas resenhas apenas para que a filha ficasse ao seu lado. Teve um dia que ela teve a sensação de ter visto um brilho naqueles olhinhos. *Seria orgulho?*, pensou. Ainda assim, às vinte e uma horas em ponto, ela desligava tudo e lembrava a filha que era hora de ir para a cama.

Foi em uma dessas noites, quando o pequeno apartamento estava imerso na escuridão, e Mabel recolhia os itens que deixara jogado no pequeno sofá, que Rômulo perguntou:

— Então, isso é um trabalho?

— Ainda não — limitou-se a dizer, contendo um pequeno sorriso. Enquanto respondia ao marido, perguntava-se se teria coragem de publicar o primeiro vídeo no dia seguinte. Não por ela, mas pela filha, que descobriu que o melhor horário para as postagens era às onze horas da manhã.

— Se ainda não é trabalho, é o quê? Todo dia você inventa uma coisa nova nessa casa — resmungou.

Mabel explicou o pouco que sabia. Mostrou alguns perfis literários, como alguns conseguiam ganhar dinheiro e o que ela pretendia fazer. Por fim, explicou sobre a importância em aumentar sua confiança para que, finalmente, tivesse coragem de publicar seus vídeos e assim ganhar exposição e seguidores. Com o tempo, disse, esperava ser reconhecida como uma influenciadora na área. Afinal, ninguém conhecia os clássicos como ela, que havia feito um mestrado dedicado à literatura clássica.

— Mas essas pessoas não são bem mais novas que você? — questionou, referindo-se aos *influencers* literários mostrados por ela.

Mabel nunca tinha pensado na diferença de idade, mas não via problema nisso.

— Provavelmente estão no ensino médio, nem entraram na faculdade. Olha esse aqui. — Apontou, ao mesmo tempo que tirava o celular da mão da esposa. — O que me chama atenção nele é esse cabelo e a forma de falar, como se estivesse contando um segredo ou algo assim — confessou. — E essa aqui, olha o cenário. Você realmente acha que alguém prestaria atenção no que você tem a dizer sobre as obras do Machado de Assis sem ter de colocar uma abóbora na cabeça ou algo do tipo?

— Não é bem assim — tentou ponderar, mas já era tarde demais. Insegura, decidiu-se por cortar seu planejamento do *post* do dia seguinte.

— Supondo que você esteja certa, que isso seja possível, está mesmo disposta a perder horas, dias e meses do seu tempo se exibindo para que talvez possa ganhar algum dinheiro?

A forma como Rômulo colocou a deixou desanimada. Parecia pouco provável que a sua ideia desse certo, mas era tudo o que ela tinha naquele momento. Há muito tempo que não se animava em fazer algo novo e sentia-se útil. Ter um tempo seu para falar sobre literatura, sobre assuntos que não fossem fraldas, birras e escola a deixava energizada.

— Sim, é isso mesmo — confirmou, sentindo-se patética.

Depois que o marido se trancou no banheiro, Mabel recolheu os últimos itens pendurados, devolveu os livros para a estante e foi para o quarto. Colocou seu pijama e, mesmo sem sono, deitou-se na cama, apagou as luzes e cobriu-se o máximo que pôde.

Quando Rômulo saiu do banho, estranhou:

— Já está dormindo? — perguntou.

Mabel continuou imóvel, de olho fechado, esforçando-se para controlar a respiração. Mas quando ele saiu do quarto para tomar seu antiácido diário, foi impossível conter a lágrima que descia, na surdina, por seu rosto.

— Tem certeza de que irá cortar seu cabelo curto? — perguntou Rebeca.

— Por quê? Você acha que não ficará bom? Vou ficar mais gorda? Com cara de lua? — preocupou-se, já não tão segura assim com a ideia da filha. Nos últimos dias, Mabel sentia que estava caminhando em uma corda bamba, equilibrando-se, achando que a qualquer momento tombaria. Fazer o primeiro movimento em direção à mudança não era complicado. O problema era ter de reafirmar e explicar suas escolhas, a todo momento, quando ela sequer tinha certeza.

— Deixa de bobeira! Onde já se viu isso? Pergunto porque você sempre teve o cabelo longo. Está preparada?

— Estou. Está na hora de mudar. Manda brasa! — esforçou-se para ser otimista.

— Amiga, não se fala isso. E não use essa expressão no Instagram, pelo amor de Deus, que a galerinha que te segue não vai entender — implorou.

— Deixa de ser chata! É você mesma que vai cortar?

— Claro!! Acha que eu deixaria para mais alguém? Nem lembro quando foi a última vez que cortei seu cabelo — disse, animada. — Que tal eu posicionar meu celular para fazer um antes e depois? Faço uma maquiagem levinha e você posta. É sempre bom ter um conteúdo diferente para variar.

De olhos fechados, Mabel assentiu. Talvez a mudança no visual fosse o impulso que faltava para ela se sentir mais autoconfiante com a própria imagem.

— Conseguiu esquentar as coisas em casa? — sussurrou Rebeca ao perceber que sua assistente acabara de entrar no seu estúdio.

— Esquentar o quê? — estranhou Mabel.

— Aquilo — insistiu a amiga.

— Do que você está falando, Rebeca? Não estou entendendo nada!

Sua cabeça estava longe, a mil milhas dali. Pensando em tudo aquilo que não tinha coragem de contar.

— Você não estava reclamando que estava na seca, pô! Deu ou não deu para o Rômulo? — gritou já sem paciência.

— Que horror! — reagiu Mabel ao notar que Carla olhava espantada para as duas. — Você não podia ser mais discreta? Tinha que gritar assim?

Rebeca riu. Sabia o quanto a amiga era avoada e sentiu-se culpada por expor sua situação, ainda que sem querer, diante da sua assistente.

— Ainda não — cochichou.

Era muito difícil para Mabel tomar a iniciativa, já que era sempre o seu marido que a procurava. Seguindo a sugestão de Rebeca, assistiu alguns vídeos com táticas de sedução feminina, mas achou todos arrojados demais para ela.

— Já falei para você deixar de bobeira. Se você não puder fazer isso com o homem que você escolheu para passar a vida inteira — disse, frisando essa última palavra em uma careta —, então você vai fazer com quem?

— Sei lá, Beca. Eu tentei algumas coisas mais discretas e ele sequer notou.

Então contou sobre duas noites atrás. As crianças estavam dormindo e ela tinha acabado de assistir uns vídeos com técnicas de paquera que achou por acaso na internet. Ao notar que Rômulo tinha acabado de chegar em casa, permitiu que o camisolão escorregasse pelo ombro, deixando-o parcialmente nu, enquanto saudava o marido pela chegada em casa, coisa que nunca fazia.

— Claro que isso não iria funcionar. Foi muito sutil — justificou a amiga, enquanto colocava o avental ao redor do seu corpo.

— Não, mas eu fiz outras coisas também.

Então contou sobre como preparou seu jantar e serviu-lhe uma taça de vinho para acompanhar. Mas ele não recebeu muito bem a mudança na rotina e perguntou o que tinha dado nela para servir álcool durante a semana. Ainda assim, Mabel se arriscou, disse que só queria que ele relaxasse e perguntou se o marido a achava bonita, ao que ele desconversou, dando um longo trago na bebida que rejeitara. Determinada, Mabel foi ainda mais direta: inclinou-se sobre o marido, deixando o pequeno decote da camisola à mostra, e perguntou se ele a achava sexy. Tudo o que ela recebeu de resposta foi um jato de vinho na cara e um pedido de desculpas, enquanto ele se levantava e corria para o banheiro, de onde só saiu quando ela fingia dormir.

Rebeca teve uma crise de riso.

— Você não pergunta para um homem se ele te acha sexy, Mabel. É uma questão de atitude. Imagino a cara do Rômulo.

— Não sei, Beca, acho que essas estratégias não funcionam com ele — disse, sem graça.

Mas, nesse momento, Davi entrou na sala VIP e Rebeca, nervosamente, começou a vasculhar algo dentro de uma mala.

— Tudo bem, Mabel? Que surpresa te ver por aqui! — cumprimentou Davi. — Achei que não gostava dos *looks* da sua amiga.

— Que nada. Eu adoro! Queria ter a coragem dela. Era uma questão de falta de tempo mesmo.

— Tenho certeza de que ficará linda. Beca, posso pegar o seu secador emprestado? O meu está com problemas.

— Claro, claro, fique à vontade — respondeu mais rápido do que deveria, com um sorriso bobo no rosto.

— Obrigado, querida — agradeceu, soltando um beijinho no ar, enquanto voltava para o salão principal.

O silêncio tomou conta do ambiente até que Mabel tomou a iniciativa. Estupefata, perguntou:

— Ele te chamou de Beca? O que está acontecendo?

Toda vez que via Davi, Rebeca sentia a eletricidade pulsar no seu corpo. Em questão de segundos, revivia tudo o que vinha acontecendo nas últimas semanas. Um calor súbito a fez se abanar. Ao perceber que a amiga ainda aguardava, respondeu:

— Depois explico. Precisamos marcar outro encontro. — E, desconversando, continuou: — E se você aproveitar o visual bafo de hoje para pegar seu marido de jeito?

Ciente de que não conseguiria extrair nenhuma informação, Mabel confessou:

— Fim de semana passado, enquanto estávamos na casa da mamãe, aproveitei a soneca de Vicente para ir rapidinho na loja da Dona Creuza. Ela me fez comprar umas coisas que não sei não, Beca...

— Como assim? O que você comprou?

Mabel se levantou com rapidez da cadeira, fechou a porta da sala VIP e, olhando para a sua amiga, disse:

— Você não vai acreditar.

∽⚭∽

Eram seis horas da tarde e a casa estava silenciosa. Até o momento, seu plano funcionava como planejado. Animada pela sugestão de Rebeca, Mabel montou todo um esquema em apenas algumas horas. Martina ficou na casa de uma amiga, onde passaria a noite; Daniel estava na casa da irmã de Mabel; e Vicente, com sua mãe. Pela primeira vez em muito tempo, ela e o marido teriam uma noite para eles. Só que Rômulo ainda não sabia.

Assim que chegou do salão, Mabel aproveitou e deu uma arrumada na casa. Colocou um balde com gelo e vinho na mesa da sala e escolheu uma trilha sonora. Para garantir a privacidade, lembrou-se de fechar a persiana da sala. Esse ambiente era tão próximo da sala do prédio vizinho que, às vezes, ela tinha a impressão de que era um cômodo só, já que era possível ouvir conversas mais exaltadas.

No quarto, uma roupa de cama comprada para a ocasião já estava posta, bem como as novas capas de travesseiro que davam um toque de aconchego ao local. Satisfeita com o resultado, correu até o seu armário e pegou o frasco de perfume francês, que escondia na prateleira superior para as crianças não usarem, e salpicou algumas gotas no quarto. Olhou para o relógio mais uma vez e constatou que faltava pouco para o marido chegar.

Tomou uma ducha rápida, cuidando para não estragar seus cabelos recém-cortados e escovados, e começou a vestir a roupa que comprou para a ocasião. De repente, sentiu um frio na barriga. Nunca tinha usado nada assim. Olhou-se no espelho e pensou em desistir ao constatar que a calcinha preta de renda era muito pequena para seu corpo e que o fio dental começava a incomodá-la, mas as palavras de Melissa ecoando em sua cabeça e o incentivo de Rebeca fizeram com que mudasse de ideia. *Não existe progresso sem desconforto*, pensou. Seria bom trazer essa novidade ao seu casamento.

Confiante, deixou um pequeno sorriso transparecer em seu rosto enquanto ajustava o sutiã de renda.

Colocar e prender a meia de cinta-liga era a parte mais complicada. Com cuidado para não rasgar, sentou-se na cama para vestir e, em seguida, colocou os sapatos de salto alto, também pretos. O toque final ficou para o robe transparente, que fez questão de deixar aberto. A adição dessa última peça deixou-a mais segura a ponto de Mabel se admirar pela primeira vez em muito tempo na frente do espelho. Terminou de se arrumar colocando um pouco de pó compacto no rosto e um brilho labial claro.

Olhou para o relógio mais uma vez. Faltavam quinze minutos para às sete. Rômulo era pontual. Pegou as rosas que comprara na floricultura e fez um caminho da porta da sala até a sua cama, onde espalhou algumas pétalas. Depois, pegou as pequenas velas aromáticas, acendeu-as e colocou-as em paralelo ao caminho de pétalas. Ficou orgulhosa com o resultado, muito parecido com o da revista de onde copiara a ideia. Há tempos que Mabel sonhava com esse dia. A parte mais difícil foi conseguir deixar todas as crianças dormindo fora, mas, vencida essa etapa, ficou imaginando acordada como seria passar uma noite sozinha com o marido. Lembrou-se de quando eles eram recém-casados e passavam o final de semana inteiro dentro do quarto, se amando. Parecia que tinha sido em outra vida; mas agora ela estava pronta para resgatar esses momentos. Ela queria ter o marido de volta e sentir-se desejada. Queria virar a noite fazendo todas aquelas posições que nunca tinha ouvido falar, mas que, de acordo com a revista, eram as preferidas dos homens. Sentiu o monte entre suas pernas umedecer. Apertou-as para se apropriar ainda mais da sensação e gostou do roçar da renda que estava enfiada em suas nádegas. *Não é de todo mal*, pensou.

    De repente, ouviu o barulho das chaves na porta. Posicionou-se na porta do quarto, com o braço direito levantado, apoiado na parede, e manteve o outro repousado na cintura, com o robe ligeiramente aberto. Assim que Rômulo entrasse pela sala, ele veria o caminho de rosas e as velas que levariam até ela. Ao ouvir a porta se abrir, respirou fundo e colocou um sorriso sensual que vinha treinando escondida no banheiro. Viu Rômulo entrar distraído, sem perceber nada. Ele virou-se de costas para trancar a porta e, logo depois, quando retornou seu olhar em direção à sala, varreu o cenário, exatamente como Mabel previra. Confusão, tensão, surpresa; tudo misturado em seus olhos. Finalmente, depois de anos de casamento, depois de três filhos e uma fase complicada, ela ainda conseguia surpreender seu marido. Ficou confiante, estufou o peito, encolheu a barriga e ampliou o seu sorriso. Até que seu olhar se encontrou com o de Rômulo e, de uma forma surpreendente, ele gritou:

    — Que porra é essa??!!

8

O relógio marcava seis e meia da manhã quando Melissa saiu de casa com Lucas. Era sábado, mas seu filho tinha atividades na escola até mais tarde. Nesses dias, ela aproveitava para atender em seu consultório, que ficava lotado. Antigamente, ela aproveitaria para fazer um programa a sós com Raul, como caminhar pela praia, mas esses momentos estavam cada vez mais escassos, seja pela agenda do seu marido, seja pelas exigências de segurança do sogro. Por isso, para não criar novos atritos no relacionamento, ela preferia trabalhar enquanto seu marido se dedicava às obrigações do cargo de diretor, que não conseguia colocar em dia por conta da campanha.

Na última semana, mal dormira. Seus olhos ardiam como brasa, e ela se esforçava para concentrar-se no trânsito à sua frente, perguntando-se até quando iria aguentar essa rotina. A alternativa dada por Raul era ela diminuir o ritmo do trabalho, algo que sequer cogitava. Não passava pela sua cabeça abandonar os resultados de uma carreira construída meticulosamente ao longo dos anos através dos seus estudos, rede de relacionamentos e sacrifícios. Caso ela abrisse mão do seu espaço, seria muito difícil recuperar depois. Era um preço muito alto para se pagar nesse momento em que se sentia no auge da profissão.

Conseguiu deixar o filho no horário exato da aula, às sete horas, e seguiu para seu consultório, localizado em um prédio comercial no Leblon, que ficava a poucas quadras dali. Ao constatar que ainda dispunha de quarenta minutos antes da primeira consulta, deixou o carro com o manobrista do estacionamento de costume e dirigiu-se a uma *brasserie* recém-inaugurada que ficava ao lado. Sua cabeça latejava, por isso sentou-se em uma das mesas do lado de fora e tentou relaxar, olhando as pessoas que passavam, enquanto aguardava a atendente se aproximar.

— Bom dia, gostaria de olhar nosso cardápio?

— Não precisa. Quero um expresso duplo e ovos mexidos com tomates confit, por favor.

Mentalmente, repassava a programação do dia. Ficaria no consultório até às quatro horas da tarde e, se tudo corresse bem, pegaria Lucas e voltaria para casa. Nessa noite, eles teriam outro evento, mas, como se tratava de uma palestra de um dos conselheiros do hospital, com certeza chegaria em casa mais cedo e poderia compensar um pouco as noites mal dormidas. Nesse meio-tempo, queria ter uma brecha para conversar com o marido sobre a ida do filho à colônia de férias. O prazo de inscrição se encerraria no início da semana e ela tinha prometido ao filho que faria de tudo para convencê-lo.

Desde sua última tentativa de tocar nesse assunto, quando o sogro esteve em sua casa há duas semanas, Melissa não encontrou outra oportunidade para conversar. Raul estava arredio, mal-humorado, e qualquer tentativa de aproximação, ainda que para namorar, era ignorada. Ansiosa, Melissa deu conta de todos os combinados e não perdeu nenhum dos compromissos em família.

Suas idas quase que diárias ao salão de Rebeca a ajudavam a manter o visual em dia, único quesito que o sogro não reclamava, e era um dos raros momentos em que ela podia fechar os olhos e deixar-se ser cuidada por alguém. Nessas horas de tranquilidade, pensava se Raul estava nervoso por conta da candidatura ou se tinha algo acontecendo. Difícil saber. À medida que a eleição se aproximava, ele se fechava, enquanto um buraco crescia dentro do peito de Melissa.

Sorriu para a atendente assim que seu pedido foi entregue e inspirou o ar, sentindo o aroma do café adentrando suas narinas. Sorveu um gole e esboçou um pequeno sorriso. Tornou-se um hábito aproveitar, com todas as suas forças, esses pequenos e breves momentos de felicidade. Estava prestes a dar a primeira garfada em seus ovos quando foi interrompida pelo celular. Do outro lado da linha, sua secretaria sussurrava com a voz tensa:

— Doutora, a senhora está chegando? — Na ligação, uma confusão de vozes que Melissa não conseguia decifrar.

— Estou aqui embaixo, tomando café. Aconteceu alguma coisa? — Olhou o relógio, confirmando que não estava atrasada.

— Venha o mais rápido possível. Tem alguma coisa errada com a sua primeira paciente do dia, a Mariana. Ela já chegou sentindo muita dor.

Melissa puxou pela memória a ficha da sua paciente e sabia que essa ainda estava longe da data prevista do parto.

— Estou subindo — disse. — E deixe o hospital de sobreaviso.

Pré-eclâmpsia, doença que pode ser silenciosa e que, por pouco, não encerrou de forma drástica um dos melhores momentos da vida da sua gestante. Depois de estabilizado o quadro, Melissa revisou o prontuário e os exames atrás de algum indício, mas não encontrou nada. Mas isso não aliviava a sua culpa. Pediu para sua secretária cancelar todas as consultas do dia para acompanhar melhor o caso, considerando a necessidade de internação e alinhamento com os médicos de plantão. Era quase uma hora da tarde quando saiu do hospital e deu-se conta de que estava sem o carro, que ficara no consultório. Sem energia para fazer o trajeto de volta, decidiu pegar um táxi e ir direto para casa. Quebrou uma das inúmeras regras do sogro quando pediu ajuda a uma mãe, que daria carona para Lucas, mas não queria focar nisso. Ficou aliviada ao perceber que poderia dormir um pouco e, quem sabe, ficar com o marido.

Pagou o táxi, desceu do carro e tirou os sapatos — precisava sentir os pés livres sobre a grama. Fechou os olhos ao perceber que aquele breve contato a deixava mais relaxada. Abriu a porta de casa e foi agraciada com o silêncio. Passou no escritório, mas não encontrou Raul. Bebeu um copo d'água na cozinha e encontrou, na bancada, sua caneca preferida com café pela metade. Achava que tinha lavado antes de sair, mas, pelo visto, se enganou. Eles tinham diversas xícaras de porcelana na casa, mas ela sempre usava a mesma, a única herança da sua mãe. Quando pequena, sua vida era muito diferente da realidade que vivia agora. No armário da cozinha, elas tinham apenas dois pratos, duas canecas de plástico e dois pares de talheres. Apenas o essencial. Ainda assim, sua mãe transformava a escassez em algo especial. Aquela caneca fora comprada no parque de diversões que visitou uma única vez e custou uma fortuna, pelo menos para o padrão de vida que levavam. Sua mãe dizia que era para ela sempre lembrar dos bons momentos que teve e nunca deixar de sonhar.

Ao pegar a caneca para lavar, sentiu o coração aquecer. Ainda mantinha o sonho de que tudo poderia voltar a ser como era antes. Ou pelo menos uma versão menos rígida, considerando as responsabilidades que tinham agora. Mas seu devaneio foi interrompido ao sentir os pés molhados. Olhou para baixo e viu o que se tratava. Poderia estar cansada, mas se lembraria caso tivesse derramado café no chão antes de sair. Pensou no marido, e outra vez ficou com a sensação de que algo estava diferente; ele não era tão distraído. Raul nunca usava sua caneca e nunca deixava o chão assim. Ainda que tivesse derramado, teria limpado. Essa era uma das pequenas tensões que tinham na rotina em casa. Era ela quem precisava se lembrar de deixar tudo arrumado, em ordem.

Pegou um papel toalha e enxugou o chão. Limpou os pés. Subiu as escadas, imaginando que talvez ele tenha usado sua caneca para se sentir mais próximo a ela. Seria besteira da sua parte? Não sabia dizer, mas agarrou-se àquele pensamento bobo. Até que um barulho a fez parar no meio da escada. Não, uma risada desconhecida a fez parar. Mais lenta do que gostaria, saiu da inércia e foi em direção ao quarto. E, antes de se aproximar da porta entreaberta, tentou entender o que ouvia por ali. Agora era Raul, rindo alto, despreocupado, como há muito não ouvia. Movida por uma fúria, que não sabia que tinha, correu e empurrou a porta com toda a sua força, mas seus olhos não estavam preparados para o que estava acontecendo ali.

9

— Posso saber o que está acontecendo com vocês? — gritou Rebeca ao dar de cara com Melissa na porta de casa.

A amiga não deu bola e passou direto pela porta da entrada sem sequer cumprimentá-la.

— Vou passar uns dias aqui. — Foi tudo o que disse.

— Quem vai dormir na sala? Só tenho uma cama por aqui e não irei cedê-la; especialmente quando vocês duas aparecem por aqui de surpresa, estragando meu sono, sem a mínima decência de me contar que porra está acontecendo!

— Quem mais está aqui? — perguntou Melissa, demonstrando interesse por algo pela primeira vez desde o trágico incidente.

— Quem mais? Mabel. Chegou aqui ontem de noite com os olhos inchados. Pensei que alguma tragédia tinha acontecido com a família dela, mas, se fosse o caso, ela teria contado.

— Onde ela está? — perguntou, dirigindo-se ao quarto, preocupada.

— Dormindo.

— Você não sabe o que aconteceu?

— Só sei que meu celular tem umas vinte chamadas perdidas de Rômulo. Meu instinto diz que não devo atendê-lo antes de falar com minha amiga. Estou tão descontrolada nesses últimos meses que preciso evitar algumas situações para não dizer o que não devo — ponderou. — Mas não desvia o assunto, por que você está aqui?

Melissa lembrou-se das ligações que ignorou na noite anterior, todas de Rômulo, e se arrependeu. Voltou para a sala e sentou-se no único sofá de apenas dois lugares. Rebeca morava ali há anos, mas ainda não tinha decorado; restringiu-se a comprar o mínimo necessário: uma cama, um sofá e uma mesa de quatro cadeiras, todas de marcas populares. Ela poderia contratar qualquer designer de interiores do Brasil, comprar móveis de designers famosos, mas preferia viver assim.

— Anda, Mel, estou esperando. O que está acontecendo aqui?

Melissa olhou para a amiga e começou a chorar como nunca fizera antes.

— Foi uma tragédia. Meu Deus, foi uma tragédia e vocês não querem me contar! — desesperou-se Rebeca, enquanto dava voltas pela sala. — Foi com meu pai? Ele morreu?

Melissa engasgou em um choro misturado com risada. Rebeca parou de andar e posicionou-se em frente à amiga.

— Mel, pelo amor de Deus!

— Desculpa, não pude evitar rir. Só você para me fazer esquecer. E fico feliz que ainda se preocupe com seu pai, apesar de tudo. Fique tranquila, ele está bem. — Com isso, Rebeca respirou aliviada, sentando-se no chão. — Ninguém morreu, ninguém ficou doente. — *Talvez eu fique*, ela pensou. — Mas não consigo falar sobre isso agora.

Rebeca olhou para amiga e não soube o que fazer. Melissa era a amiga mais racional, a que resolvia tudo. Quando alguma das três tinha problemas, era ela que ponderava e dizia como resolver. Ela nunca tinha ouvido a amiga reclamar de nada, nem da vida exaustiva que levava. Percebeu, então, que ainda que Melissa contasse o que a afligia, dificilmente conseguiria aconselhá-la com a mesma eficiência.

Um barulho no quarto alertava que Mabel despertara, ela nunca conseguia ser silenciosa. Quando pequena, era a primeira a ser encontrada nas brincadeiras de pique-esconde, e ainda não se dera conta do quão desajeitada era. Não demorou muito para ela aparecer na sala, com a cara borrada pela maquiagem.

— Vou viajar. Quem vem comigo?

Melissa não esboçou nenhuma reação, mas Rebeca não se conteve.

— Bom dia, Bel. Será que ao menos você pode me contar o que está acontecendo? Tenho vinte chamadas de seu marido no meu celular. Acho que ele só não apareceu aqui na porta porque não deve saber onde moro. Ou ele está com medo de algo — ponderou. — O que aconteceu com vocês? Devo matá-lo? Diga logo, porque tenho de ir para o trabalho em uma hora.

— Nós vamos viajar. Rebeca, onde está seu notebook? — perguntou, sem ao menos esperar a resposta. Bastou olhar para a mesa da sala para encontrar o dispositivo ali descansando. Sem cerimônia, abriu a máquina e começou a digitar furiosamente.

— Eu não vou pra lugar nenhum! — gritou Rebeca, cansada de ser ignorada. — Minha vida está muito boa nesse momento. Além disso, eu preciso ter a certeza de que vocês não cometeram nenhum crime ou algo do tipo. Não quero ser cúmplice de nada.

Esse comentário fez Melissa sair do estado de letargia. Olhou para amiga e perguntou:

— Por que sua vida está muito boa?

Rebeca sentiu o rosto ficar vermelho e um calor tomar conta do seu corpo. Lembrou-se de ontem, quando perto de fechar o salão tinha sido surpreendida por Davi em sua sala VIP. Discretamente, ele trancou a porta e, sem pedir qualquer licença, imprensou Rebeca contra a parede, tocando-a de uma forma que nunca tinha imaginado. Transaram ali, em pé, de forma intensa. Desde que voltaram de São Paulo, eles se pegavam nos lugares mais inusitados e das mais diversas formas. Rebeca nunca tinha vivido nada igual. Só que ele era seu funcionário, ou melhor, associado, e não sabia como poderia contar isso para as amigas.

— Ela está pegando Davi, tenho certeza — disse Mabel.

— Que absurdo! Ele é meu funcionário.

— Posso ser tímida na cama e ingênua às vezes, mas burra, jamais. Está na cara pela forma como vocês se comportaram ontem, tomei até um choque — disse, enquanto se concentrava na tela à sua frente. — Pronto. Estou comprando a minha. Quem mais?

— Deixa de ser absurda, Mabel! Ninguém faz uma viagem assim!

Mas Mabel não ouvia ninguém. Sentia-se sufocada e achava que, se não se afastasse de casa, do marido e da rotina, iria se afogar, morrer para nunca mais se encontrar. Cansou de planejar, pensar no futuro, nas variáveis, na rotina do dia seguinte. Passou a noite anterior revirando-se na cama, de um lado para o outro, enquanto a amiga dormia. Acessou a conta bancária que tinha com o marido e, para sua surpresa, percebeu que não estavam tão apertados. Descobriu até que o marido tinha uma poupança e outras duas aplicações que rendiam uma quantia razoável. Estavam longe de ser ricos, mas sem necessidade nenhuma de viver na pindaíba que viviam. Constatou que já poderiam ter ido para a Disney, o que a fez chorar mais uma vez.

E então Mabel se deu conta de que a culpa era dela. Da empregada que não contratou, da academia que deixou de pagar, dos vestidos e roupas que deixou de comprar. Lembrou-se das idas constantes aos mercados para aproveitar as melhores promoções. Segunda, carne; terça, material de limpeza; quinta, hortifruti. desdobrava-se para equilibrar um orçamento familiar que ela mesma criou em sua cabeça, com problemas que nunca existiram.

E por que cargas d'água ela encerrou a sua conta corrente para concentrar tudo na do marido? Quando foi que ela deixou de ter controle sobre a casa e, mais importante ainda, sobre ela? Deu uma gargalhada tão alta, de desespero, que Rebeca, ao seu lado, se mexeu, e Mabel cobriu a boca para conter o som. Olhou para a parede branca, sem nenhum adorno e, por fim, entendeu que a vida perfeita e equilibrada não existia. Que já tinha passado dos quarenta anos e ainda esperava que um prêmio milagroso caísse dos céus em agradecimento por todo o seu sacrifício. Em cinco minutos, abriu uma conta em um banco e transferiu uma considerável parte do dinheiro investido para sua conta. Essa transgressão deu a paz de espírito necessária que a fez cochilar até o dia seguinte, quando Melissa chegou.

— Eu vou! — respondeu Melissa, para a surpresa de Rebeca. — Quando?

— Amanhã à noite. Vou precisar do número do seu passaporte.

Rebeca não sabia o que fazer. Sua certeza era de que as amigas não estavam bem. Mabel nunca deixaria a família e Melissa nunca deixaria os pacientes, o filho e os compromissos de Raul.

— Chega! — gritou. — Se não me contarem o que está acontecendo, vou chamar Rômulo e Raul aqui, agora, nesse exato momento!

Melissa sentou no sofá em estado de alerta. Mabel largou o notebook. E não demorou muito para começarem a chorar. Rebeca olhava tensa, de uma para a outra, esforçando-se para manter o tom de ameaça. Ela nunca teria coragem de ligar para os maridos, as amigas estavam em primeiro lugar. Mas a situação estava indo longe demais.

— Rômulo me chamou de vadia — confidenciou Mabel. — Fiz a surpresa para ele ontem com a roupa que comprei na loja da Dona Creuza e... — O choro tomou conta e ela não conseguiu terminar de falar.

Rebeca se aproximou da amiga e arrependeu-se de não ter atendido às ligações de Rômulo, e ter colocado para fora os desaforos que estavam entalados. Mabel era a pessoa mais doce que conhecia, e passar por uma situação dessa era muito sofrido para a amiga.

— Peguei Raul me traindo com a babá do Lucas. No nosso quarto — confidenciou Melissa com as mãos entre o rosto.

— O quê?!! — Rebeca e Mabel gritaram ao mesmo tempo.

— E você não pode se apegar ao Davi. Ele também está apegado àquela colorista que você contratou há quinze dias — continuou Melissa.

Sobrecarregada com tantas revelações ao mesmo tempo, Rebeca olhou para Mabel e disse:

— Compra uma passagem para mim também.

10

Apenas um olhar foi o suficiente para Mabel perceber que estava encrencada. Rebeca exalava fúria por todos os poros e também suava como nunca tinha visto. Provavelmente a única coisa que impediria a amiga de explodir de uma vez era o medo de ser presa, já que estavam em um país diferente.

— Depois de caminhar aquilo tudo, ainda temos de subir essa ladeira? Você está falando sério? — bradou por entre os dentes.

— É o que diz o Google Maps, a pousada está logo ali em cima — balbuciou Mabel.

Rebeca tirou o sapato de salto, que massacrava seu pé, mas o devolveu à caixa de tortura ao constatar o quanto o chão estava quente.

— Eu até fiquei feliz quando vi que nosso destino era Madri. Mas por que pegar um trem até aqui? — questionou a médica, curiosa, olhando ao redor daquela comunidade que parecia uma antiga vila medieval.

Elas estavam em Sarria, uma cidade da Espanha localizada em Lugo, região da Galícia. Mabel já não estava tão segura assim da ideia que teve. E, olhando para Rebeca, não tinha certeza se teria a coragem necessária para contar o que pretendia. Apesar de ofegante, tomou a dianteira das amigas e esforçou-se para puxar a mala que, a qualquer momento, teria as rodinhas arrebentadas por aquele piso de pedra irregular.

No dia anterior, elas montaram uma operação de guerra para retornar às suas casas e fazer as malas. Mabel não teve coragem de encarar Rômulo e delegou às amigas a incumbência de contar o que estava acontecendo. Mas, ainda assim, fez questão de se despedir das crianças. Ela quase desistiu quando viu a carinha dos filhos menores, que pouco entendiam que a mãe estava se despedindo para uma curta viagem. Para a mais velha, mentiu, dizendo que era um curso rápido para o novo trabalho, garantindo que voltaria em dez dias. O sorriso no rosto de Martina a fez ter certeza de que estava fazendo a coisa certa pela primeira vez na vida. Sem pensar duas vezes, transferiu todos os vídeos gravados e não publicados para o celular da filha. Perguntou se, enquanto estivesse fora, ela poderia criar um perfil no Instagram e publicar os vídeos da mãe, um por dia. A filha, mais do que eufórica, aceitou na hora, ainda que a mãe a tivesse advertido de que não poderia criar um perfil para si e nem gastar muitas horas navegando nas redes sociais. Martina concordou com tudo, deu um abraço apertado na mãe e agradeceu a confiança. *Pronto*, Mabel respirou aliviada, *agora aqueles vídeos verão a luz do dia, da forma que tiver que ser*. Ainda que não ficasse famosa, nem ganhasse dinheiro, estava determinada a lutar contra seu instinto que dizia para ela esperar. Se não fosse pelas mãos da filha, não seria por ninguém.

Já Melissa preferiu voltar sozinha para casa. Encontrou Raul na sala, enquanto Lucas estava no quarto, aproveitando a falta de supervisão para jogar videogame.

Apesar de determinada, foi inevitável não sentir o coração falhar quando o viu ali, com uma expressão no rosto que não soube ao certo identificar. Seria surpresa? Raul estava de bermuda, camiseta e com os cabelos molhados, desalinhados. Ao seu lado, não viu nenhum dos jornais, revistas ou relatórios que costumava ler aos domingos. Em cima da mesa de centro, reconheceu a caixa que ganhara do pai quando pequena. Dentro, um pequeno diário das emoções, no qual descrevia os melhores e piores momentos da sua adolescência, mas que não existia mais. Com o passar do tempo, passou a utilizar a caixa para guardar lembranças de sua juventude e conquistas na faculdade. Como um caderno vermelho, ricamente decorado com fotos e frases motivacionais, em que ela colou a página do jornal com o anúncio de sua aprovação no vestibular e contava a reação do seu pai quanto ao feito. Em outra, o boletim com suas notas no semestre da faculdade de medicina e um pequeno texto, redigido para a mãe, confessando que sentia sua falta e que gostaria de estar ali, vivendo aqueles momentos felizes ao seu lado. Recortes de congressos, listas de desejos, certificados e fotos também estavam naquela embalagem de papelão deformada pelo tempo, bem como o amor e os melhores momentos que tinha vivido até ali com o namorado e depois marido. Inclusive fotos dos dois, com anotações no verso sobre o dia, o que ela sentiu e seus medos. Segredos que nunca compartilhou com ninguém.

De repente, Melissa sentiu-se exposta. Correu para pegar a caixa. Neste momento, Raul, bastante sério, aproveitou para segurar seu braço, pedindo para conversar. Ela quase cedeu.

A reação do seu corpo ao seu toque era familiar, confortável e dolorido. Mas, ao encarar seus olhos, optou por se afastar. Não estava pronta.

— Agora não. Só vim me despedir do Lucas. Vou ficar uns dias fora e na segunda ele segue para o acampamento, já deixei tudo acertado — comunicou, enquanto confiscava a caixa e seguia em disparada para o seu quarto.

— Você sabe que ele não pode ir... — Raul tentou argumentar.

— Ele pode e vai. E que você ou seu pai não ousem interferir — ameaçou. — Estou tentando manter a calma, Raul. Não abuse. Ele terá o que sempre quis e irá curtir os dias de liberdade antes que seja tarde demais.

⁂

Depois de cinco minutos ladeira acima, Mabel parou em frente a uma construção feita de pedra, com portão de ferro, cercada de flores e com uma placa que dizia: "Casa Solance". Um homem elegante, alto, de cabelos grisalhos e enorme sorriso no rosto recepcionou as amigas, oferecendo garrafas de água e panos umedecidos. Depois de uma breve conversa em portunhol, direcionou-as para um quarto com uma agradável vista para um jardim.

— Ah! Pelo menos nisso você acertou, Mabel — agradeceu Rebeca, ao notar que a rusticidade do local estava apenas na parte externa. Dentro do quarto, deparou-se com um ambiente ricamente decorado e confortável. — Esse lugar parece o paraíso! E o cara que nos atendeu, que gato!

Mabel ficou aliviada com a felicidade da amiga. Mas, enquanto colocava a mala em um local mais adequado, foi a vez de Melissa questionar:

— Mas o que vamos fazer aqui, Bel? Exceto esse quarto e o jardim, essa cidade não parece ter muito o que fazer.

De fato, Sarria era uma cidade pequena, com pouco mais de treze mil habitantes, com forte herança romana e diversos legados arqueológicos. Mas nada que não pudesse ser visto em apenas um dia.

— Tem razão — concordou Rebeca.

Mabel sentou-se na ponta da cama, apoiou as mãos no joelho e, com um sorriso no rosto, arriscou perguntar:

— Bem, com relação a isso, vocês por acaso trouxeram tênis?

— Não — responderam em uníssono.

— Então, como amanhã acordaremos bem cedo, é melhor deixar o descanso para depois e aproveitar essas horas para fazer algumas comprinhas.

∞

— Mabel, eu te mato!!!

Quando a jornalista contou, na noite anterior, que elas fariam os cem últimos quilômetros do Caminho de Santiago de Compostela a pé, Rebeca não tinha imaginado que seria assim, tão sofrido, até mesmo porque ela tinha uma dificuldade crônica de correlacionar distâncias. Na sua cabeça, cem quilômetros era quase o mesmo que cem metros. Por isso, não imaginou que passaria o dia inteiro caminhando, a maior parte debaixo de uma fina garoa. A experiência estava bem longe do que julgava ser diversão. Ainda que a paisagem parecesse saída de um conto de fadas, era extenuante. Caminhar, caminhar e caminhar, concentrando-se nos trechos alagadiços para não cair e sem lugar para fazer as necessidades mais básicas de uma mulher.

Elas já estavam no percurso há quatro horas e, como não se familiarizaram com o trajeto, como a maioria dos peregrinos faziam, não tinham ideia de quanto tempo faltava para acabar. Tudo o que sabiam era que precisavam chegar em Portomarín, mas nenhuma placa anunciava o destino e o celular não funcionava na maior parte do trajeto. O que restava era confiar nas setas amarelas pintadas em postes, árvores e muros de casa que indicavam que, ao menos, não estavam perdidas.

— Pensei que uma pequena caminhada ao ar livre, em um lugar tão inspirador, pudesse nos ajudar — justificou-se Mabel.

— Isso está longe de ser uma pequena caminhada. Está mais para um massacre — desabafou Melissa, massageando o ombro dolorido enquanto tentava, sem sucesso, manter o cabelo seco embaixo de um pequeno guarda-chuva.

Nem se quisesse Mabel conseguiria justificar a sua escolha. Um acesso de fúria, algo que nunca teve na vida, as levou até ali. No notebook de Rebeca, digitara: "Viagem tranquila com hospedagem barata para repensar a vida", e o Caminho de Santiago apareceu de primeira. Saber que poderia ficar hospedada em albergues, sem ter que pagar nada, foi um chamariz e tanto. Apesar de magoada com o marido, sentia culpa em gastar o dinheiro pego para além do valor da passagem aérea e a primeira pousada que tinham se hospedado. Sua culpa materna insistia em dizer que esse dinheiro deveria ser investido nas crianças.

Nenhuma delas sabia que aquele caminho era secular, que remontava à época em que a Espanha sequer era chamada assim, mas Hispania. A região fazia parte do Império Romano Católico que, ao começar a ruir, viu a região ser invadida pelo que a Igreja Católica chamava de bárbaros, ou seja, todos aqueles que não eram cristãos. Após a ascensão de Jesus Cristo, um dos seus apóstolos, Tiago, manteve-se firme no propósito de evangelizar a região, sem muito sucesso. Então, em uma viagem à região da Palestina, o apóstolo desobedeceu à ordem do Rei Herodes de pregar o cristianismo e foi decapitado.

Os discípulos de Tiago recolheram seu corpo secretamente, levaram de barco para uma região da Espanha e pediram autorização do reino pagão da rainha Lupa para enterrá-lo. Aquela região estava muito perto de onde se localiza a atual cidade de Santiago de Compostela. A Rainha Lupa não queria autorizar o enterro, mas uma série de milagres atribuídos a Tiago a convenceram do contrário. Foi o início de uma sucessão de eventos que o faria ser conhecido como Santo Tiago, ou Santiago.

Nos séculos seguintes, o caminho que levava à sepultura foi esquecido, mas reza a lenda que, no ano de 813 d.C., um eremita viu uma chuva de estrelas cadentes que perdurou por muitos dias. Em uma noite, o próprio apóstolo Santiago apareceu ao eremita em um sonho e revelou onde estava a sua sepultura esquecida. Naquela época, ter restos humanos de apóstolos, santos e heróis católicos expostos em caixas de ouro em igrejas era sinônimo de poder e riqueza, já que as cidades que atraíam mais peregrinos recebiam a maior parte dos recursos da Igreja. Com a descoberta da sepultura de Santiago, teve-se início a construção da Catedral de Santiago, onde seus supostos restos mortais se encontram até hoje, e o cumprimento do seu percurso passou a ser um sinônimo de fé.

Contudo, os tempos mudaram e outros motivos passaram a motivar os peregrinos a procurar por esse caminho, como *trekking*, misticismo, necessidade de equilíbrio emocional, dentre outros. Por isso não foi surpresa aparecer no topo na busca de Mabel na internet.

— Disseram que começamos a sentir os benefícios da caminhada a partir do segundo dia — defendeu-se. — Parece que demora para entrar no clima.

— Tanto lugar para irmos. Paris, Ibiza, Caribe. E na sua primeira viagem internacional, você escolhe isso? — repreendeu Rebeca.

O mais absoluto silêncio pairou entre as amigas pela primeira vez desde o início daquela aventura. Rebeca seguia à frente de todas, na ânsia por chegar ao destino. Melissa seguia ao largo, revezando os braços que seguravam o guarda-chuva, olhando longe, mas sem focar em nada. Mabel seguia pelo meio, cabeça baixa, passos mais lentos. Nesse momento, todo e qualquer som passou a ser amplificado; o sacolejo do mato alto, que se agitava ao sabor do vento; as passadas pesadas de um grupo de rapazes que de tão rápido pareciam estar correndo; e até o mugido de uma vaca embrenhada em algum lugar da densa vegetação. Ninguém ousava revelar os pensamentos, os arrependimentos, e seguiam a mesma rota, isoladas, cada uma em seu mundo. Até que, uns cinco quilômetros adiante, tudo mudou.

— Ahhhh! Eu não aguento mais!!! — gritou Mabel, interrompendo a caminhada, para espanto das amigas.

Achando que era sua culpa, Rebeca começou a se desculpar. Sabia que tinha se excedido com as críticas quanto à escolha do destino, já que ela não fez nenhum esforço para ajudar ou até mesmo questionar.

— Não é isso — esclareceu Mabel.— Quanto mais eu caminho, mais eu penso e menos entendo.

— O que você quer dizer? — Foi a vez de Melissa perguntar, com uma certa dose de cautela. Mabel era sensível, mas jamais foi afeita a chiliques repentinos.

— Como é que eu não vi os sinais? — perguntou a si mesma. — Como eu e Rômulo chegamos a esse ponto? Às vezes tenho a sensação de que deixamos de ser uma família, um casal, para ser uma empresa S.A., gerenciadora da rotina familiar e pagadora de boletos. Como eu não percebi? — E começou a chorar.

Rebeca aproximou-se e fez sinal para Melissa fazer alguma coisa. Seu repertório para consolar sobre questões familiares era bem limitado e ela estava doida para ir ao banheiro. Precisava que a amiga voltasse a caminhar o quanto antes e já estava decidida a pedir ajuda na primeira casa que aparecesse, deixando de lado qualquer vestígio de vergonha. A sensação era que sua bexiga poderia explodir a qualquer momento.

— Não se cobre tanto — Melissa limitou-se a dizer.

— Mas você acha que existe um sinal? Tipo, um alerta que indique que o relacionamento está degringolando?

A cabeça de Mabel tentava achar o exato ponto de ruptura em uma tentativa de, quem sabe, voltar ao tempo e fazer tudo diferente. Ela e Rômulo sempre foram amigos, ele nunca faltou com respeito e sempre apoiava seu trabalho. Quando tiveram filhos, apesar da maior parte do esforço ter ficado com ela, o marido sempre foi um parceiro acima da média, acordando nas madrugadas, lavando os utensílios e levando as crianças para brincar nos finais de semana. Quando Mabel ficou desempregada, em nenhum momento ele se desesperou ou exigiu que encontrasse um novo emprego. Ela nunca se sentiu tão valorizada e cuidada.

Mabel nunca foi descuidada com a casa e a família. Nunca fez exigências mirabolantes, sempre se contentando com o que tinha. Mas, apesar de todo o esforço em manter a harmonia e o romance, o prazer em ficar juntos desapareceu.

— Eu estava aqui pensando que tem mais de dez meses que eu não beijo. Mas eu tô falando do beijo de verdade, sabe, de língua. Quando ele vem, é só bitoca. Quer dizer, acho que nem mais isso. Eu até tento, vou manhosa, chego junto dele na cama, me aconchego em seus braços — explicou, começando a chorar —, mas não tem. Nem sei mais se ainda sei beijar. Transar, então, ó! Devo ter ficado virgem de novo — falava alto sem se preocupar com quem passava por ali.

Rebeca agora cruzava as pernas em uma tentativa louca de não urinar em si mesma bem ali. Como viu que não ajudava, começou a pular no mesmo lugar.

— Pensando bem, acho que o fim do beijo de língua foi o primeiro sinal. Quando ele saiu de cena, paramos de fazer amor — analisou Mabel. — E sabe o que é mais triste? — perguntou, dessa vez dirigindo-se às amigas.

— Não — antecipou-se Rebeca, orando aos céus, como nunca antes, para que a conversa estivesse no fim. Ela precisava voltar a caminhar a todo custo para aguentar.

— Acho que o beijo acabou quando comecei a ganhar peso. Foi isso! Ele parou de dizer que eu estava linda, passou a se esquivar das minhas perguntas sobre alguma roupa que eu usava. Parou de me olhar com aquele olhar lascivo, sabe? Lembro claramente quando ele ficava ansioso, esperando eu colocar as crianças para dormir só para me abraçar — disse, fechando os olhos, tentando segurar a lágrima que, insistentemente, teimava em cair.

Melissa fez o primeiro movimento para se aproximar da amiga, quem sabe confortá-la em um abraço, quando ela gritou:

— Ai, meu Deus! Meu marido não sente mais tesão por mim porque sou gorda! É isso!! — E sentou-se no meio da estrada de barro, ainda úmida pelo orvalho da noite, em um lamento que parecia não ter fim.

Rebeca não conseguiu se conter. Largou a mochila no chão, ao lado da amiga e, sem dar explicações, rumou em direção ao mato que margeava a estrada. O pavor por cobras e animais não domesticados foi esquecido para dar lugar a uma urgência fisiológica.

Melissa não sabia se acudia Mabel, que chamava a atenção de todos que passavam, ou se corria atrás de Rebeca, que parecia estar encrencada. Na dúvida, resolveu gritar:

— Rebeca! O que você está fazendo?

— Pelo amor de Deus! Só preciso mijar! — gritou desesperada. — E a gente esqueceu de comprar papel! Puta que pariu!!!

Transeuntes perguntavam a Melissa se elas precisavam de algum suporte. Era comum esse tipo de reação durante o Caminho de Santiago. Seja por lesão, quando as pessoas levavam seu corpo ao limite, seja por revelação, quando colocavam para fora sentimentos que carregavam e que muitas vezes tinha o potencial de machucar o corpo. Sem saber como proceder, dispensava com educação, enquanto dava batidinhas nas costas da amiga, na esperança de que isso fosse o suficiente para acalmá-la.

Quando por fim avistou a cabeça de Rebeca, retornando sã e salva, respirou aliviada. Dando-se conta do absurdo de tentar proteger seu cabelo naquela situação, largou o guarda-chuva no chão e agachou-se ao lado da amiga.

— Acho que você está enganada, Bel — afirmou com segurança. — Olhe pra mim. Mesmo corpo de quinze anos atrás, quer dizer, melhor! Achei que para ser merecedora da família de Raul eu tinha que me cuidar mais, então passei a comer coisas que até hoje odeio, a malhar, a escovar os cabelos com frequência. Como dizem na Zona Norte, sou um pacote completo. E nada disso foi suficiente — confessou. — Ainda assim, Raul me traiu.

Ao ouvir aquilo, o descontrole de Mabel começou a ceder, dando lugar a soluços esparsos, ainda que intensos.

— Mas você tem razão em um ponto. Também acho que em algum momento deixamos de ser um casal para ser uma marca, ou uma empresa, sei lá — ponderou. — No meu caso, ainda que existisse sexo — relembrou —, o carinho foi sumindo, sabe? Fora da cama, ficamos formais demais.

Rebeca, já próxima, apenas observava. Era a primeira vez que Melissa expunha o outro lado do seu casamento, que até então era tido como perfeito, digno de filme da sessão da tarde: "O príncipe e a suburbana".

— Se eu pudesse identificar em que ponto tudo mudou, também gostaria de voltar atrás e fazer diferente. Mas sabe de uma coisa? — disse, olhando para sua amiga e estendendo a mão para que se levantasse do chão. — Não depende só de você, Bel. O casamento precisa dos dois para funcionar. E eu fiz tudo o que podia, amiga, tudo! — enfatizou, emocionada. — Posso estar um lixo agora; triste, sem saber o que fazer, mas eu nunca vou me culpar, eu dei o melhor de mim. E você também não deveria.

Rebeca recolocou a mochila nas costas, posicionou-se entre as amigas, enlaçou-as em um abraço e disse:

— Então essa é a hora em que eu também abro meu coração? — brincou.

— Não é hora de brincadeiras, Beca — reclamou, ainda magoada com a conclusão a que havia chegado.

— Então, deixa eu te fazer uma pergunta — Rebeca desvencilhou-se das amigas, olhou para Mabel e lançou: — Você já ouviu falar de vibrador?

Não foi possível escapar do tapa de Mabel e da gargalhada de Melissa.

— Ele é um ótimo aliado em épocas de seca. Recomendo muito — gracejava, enquanto fugia da amiga que agora corria atrás dela.

Até que o fôlego acabou. Mabel curvou o corpo, apoiando as mãos nos joelhos, e começou a gargalhar. Pressentindo que o perigo tinha passado, a empresária aproximou-se e disse:

— Falando sério dessa vez — assegurou. — Estando aqui, com vocês, mesmo sabendo que o mundo está todo uma merda e que, em algum momento, a gente vai ter que lidar com isso, eu só tenho uma certeza.

— Qual? — perguntaram as outras duas, ainda que desconfiadas de que aquela poderia ser mais uma das brincadeiras da amiga.

Então Rebeca começou a cantarolar a mesma música que elas adotaram como tema da adolescência. A música que escolheram para elevar o espírito quando Melissa não sabia como se inserir na nova família do pai, quando se sentia desconectada e sozinha, sofrendo a ausência da mãe. Quando Mabel se angustiava, achando que nunca iria encontrar um namorado para casar. Quando Rebeca não tinha ideia do que seria a sua vida quando foi obrigada a se casar cedo demais e quando saiu da casa dos pais. Para todos esses momentos, quando faltava a maturidade das palavras e a sabedoria da experiência, elas bradavam:

Nós iremos achar o tom
Um acorde com lindo som
E fazer com que fique bom
Outra vez, o nosso cantar.

Relembrando a melodia tão familiar, que há muito estava esquecida, Mabel e Melissa juntaram-se à cantoria, só que dessa vez gritando:

E a gente vai ser feliz
Olha nós outra vez no ar
O show tem que continuar!

11

A chegada à cidade de Portomarín foi complicada. Exaustas, depois de nove horas caminhando com os pés úmidos, o último obstáculo — uma grande escada que dava acesso ao centro da cidade — dava as boas-vindas. Como chegaram tarde, não conseguiram vaga no albergue, que, de qualquer forma, seria recusado por Rebeca e Melissa ao perceberem que teriam que dormir em quartos comunitários e compartilhar um banheiro. Horas extras de caminhada foram necessárias até conseguirem um quarto duplo em um dos hotéis da cidade. Depois de muito implorar ao gerente, alguém dormiria em um colchão no chão. Mas era melhor do que nada.

— Graças a Deus viemos em baixa temporada — agradeceu Mabel, já banhada e aquecida, enquanto esperava sua comida no pequeno restaurante italiano localizado próximo ao hotel.

Toda a cidade respirava história, e uma bem diferente da que estavam habituadas. Localizada à margem direita do rio Minho, Portomarín foi um importante local de passagem na Idade Média e teve de ser remanejada para uma encosta segura, no ano de 1962, por conta da construção da represa de Belesar. A grande igreja-fortaleza de San Nicolás, que foi erguida pelos monges-cavaleiros da ordem de João de Jerusalém no século XII, foi desmontada pedra a pedra para ser reconstruída na praça central, parte mais alta.

Por isso, era um tanto pitoresco ver todas aquelas construções históricas convivendo com a modernidade dos peregrinos, a maioria jovens, trajando roupas coloridas, usando aparelhos celulares, relógios inteligentes e outros artefatos que ajudavam a concluir a empreitada.

— É impressão minha ou só a gente está morta? — resmungou Rebeca, enquanto olhava a agitação das pessoas sentadas nos bares espalhados ao longo da rua principal. — Nem parece que eles andaram mais de vinte quilômetros. Olhem como se divertem! Confesso que, se o hotel tivesse serviço de quarto, nem estaria aqui. Mal sinto meus pés.

— A pouca idade ajuda. Mas nesse site aqui diz que o segredo é acordar cedo, usar meias especiais e passar um creminho nos pés — explicou Melissa.

Ela fazia anotações no celular de pontos de parada para o dia seguinte, assim poderiam se programar para as pausas no banheiro e refeições.

— Ou seja, além de caminhar como condenadas, teremos que acordar de madrugada? — reclamou Beca, sendo interrompida apenas pelo garçom que trazia três grandes pratos de massa. — Pelo menos esse perrengue está servindo para duas coisas: ver Melissa de cabelo cacheado e comendo pasta. Nunca achei que viveria para isso — gracejou, enquanto dava uma garfada no seu espaguete à bolonhesa.

O aumento de ingestão de carboidrato foi sugestão da médica. O dispêndio de energia era muito grande e esse composto era necessário para garantir o mínimo de equilíbrio corporal para a empreitada.

— Consegui! — vibrou Melissa, ignorando o comentário de Rebeca. — As reservas das pousadas ao longo do percurso foram feitas. Marisa acabou de enviar por e-mail os *vouchers* — continuou, satisfeita com a eficiência da sua secretária. — E tem uma empresa que vai pegar nossas mochilas também, assim carregamos menos peso. Podemos levar apenas uma ou duas, com o básico necessário.

Enquanto saboreavam a comida, Mabel notou algo inusitado. Um homem na casa dos cinquenta, ligeiramente careca, sentado na mesa em frente, sozinho, que não parava de encará-las. Ou de encarar Rebeca, conforme comprovou.

— Beca — sussurrou bem na hora em que a amiga levava mais uma garfada de massa à boca. — Acho que aquele homem está olhando para você. Será que ele te reconheceu?

Rebeca estava longe de ser uma celebridade, ainda mais fora do Brasil, mas, das três, com certeza era a mais conhecida. Ainda que fosse improvável, não era impossível.

— Claro que não, mulher, onde já se viu isso! — respondeu, após olhar na direção que a amiga indicava.

Seria muito fácil não reconhecer alguém naquele lugar, onde todos estavam desprovidos de camadas de maquiagem e acessórios, inclusive ela. A possibilidade de cometer uma gafe e não cumprimentar um estilista conhecido fez sua coluna gelar. Na maioria das vezes, eles eram temperamentais e um pequeno vacilo poderia resultar em um contrato rompido.

Mas ela sustentou o olhar por tempo demais, esforçando-se para reconhecer aquela figura, fazendo com que o homem em questão sorrisse e levantasse sua taça de vinho em um brinde à distância.

— Deus é Pai — reclamou incomodada, enquanto desviava o olhar. — Só me faltava essa!

— Você não estava cansada de novinhos? Olha uma oportunidade aí! — gargalhou Melissa.

Rebeca não entrou na brincadeira. Sabia que agora era a vez dela de aguentar os gracejos. Ainda que estivesse determinada a excluir os mais novos da sua vida, colocou como premissa que o homem deveria ter ao menos cabelo, ser charmoso e bem-cuidado. O homem à frente era o oposto e carregava marcas do tempo desenhadas em sua face. Não por conta da idade. Avaliando seu porte, parecia que não era tão velho assim, fazendo-a concluir que os traços talvez fossem de falta de cuidado por exposição contínua ao sol e ao vento. Apesar de muito branco, dava para perceber como o rosto era mais avermelhado que o pedaço do tórax rígido, visível pelo decote da camisa branca um pouco aberta.

— Olha só! — gracejou Mabel. — Ficou até nervosa.

Rebeca suava. Ou melhor, jorrava suor. Pequenos rios de água desciam da sua testa e, em poucos minutos, a gola da sua blusa ficou encharcada. Em uma tentativa vã de amenizar o desconforto, começou a sacudir a blusa para se refrescar.

— Ai, de novo, não — lamentou. — Devo estar com algum problema — disse ao constatar que as amigas, agasalhadas, não passavam pelo mesmo sufoco. — De vez em quando dei pra ter essas ondas de calor insuportáveis.

Mabel ofereceu um guardanapo de papel para a amiga se enxugar.

— Além desses calores, você notou algo diferente? — indagou Melissa.

— Cansaço e um mau humor dos infernos! Uma TPM quase que eterna — disparou. — Mas acho que é por conta do excesso de trabalho e do estresse dos últimos dias.

Melissa procurou algo em seu celular. Depois de alguns minutos, disse:

— Seus últimos exames estavam normais. Mas faz mais de um ano que você não aparece para uma consulta. Talvez você esteja entrando no climatério. Assim que voltar, vou pedir novos exames de sangue.

— Não, não, não! — bradou Rebeca. — Você está redondamente enganada!

Para Rebeca, climatério e menopausa eram exatamente a mesma coisa: o fim da sua vida sexual e da sua condição enquanto mulher. Recém-entrada na casa dos quarenta, ela não estava preparada.

— Eu nem tenho idade para isso! — enfatizou.

— Não sei por que o desespero — ponderou Melissa. — O climatério pode surgir nessa fase, aos quarenta anos. Em algumas mulheres, até mais cedo. Faz parte do ciclo da vida de qualquer mulher.

— Ou do fim da vida — complementou Mabel.

Assim como Rebeca, ela nunca tinha parado para pensar que um dia a menopausa chegaria. Claro que sabia que essa fase existia, mas sempre achou que fosse uma realidade distante. Pelo menos até agora.

— Ou seja, além de não conseguir transar por causa da secura que tanto falam, posso perder o desejo em um piscar de olhos? Que fim de vida maravilhoso! — lamentou Rebeca.

— Podem parar. As duas! — determinou Melissa. — Climatério e menopausa não são o fim do mundo.

E, de fato, não era. Ainda que os sintomas assustassem, Melissa deu o exemplo de várias mulheres que ultrapassaram a marca dos cinquenta anos, ou estavam quase lá, e continuavam lindas, plenas e sexy. Na lista, Jennifer Lopes,

Claudia Ohana, Cristiana Oliveira, Maitê Proença, dentre tantas outras. Até Luana Piovani havia começado a sentir os efeitos do climatério. De fato, a qualidade de vida era afetada, mas existiam formas de lidar com os sintomas que passavam desde o exercício, a alimentação, até a reposição hormonal.

— Além disso, mesmo que você tenha queda do desejo sexual, não significa que você precisa abrir mão desses momentos — confidenciou, ganhando plena atenção das amigas. — O desejo pode ser estimulado e tem várias maneiras de fazer isso — provocou, piscando um dos olhos.

Ao notar que a amiga não continuaria o assunto na parte mais interessante, Mabel indagou:

— E, por acaso, quais seriam essas formas? Só por curiosidade.

— Eu também gostaria de saber, dra. Melissa — gracejou Rebeca. — Achei que a pessoa mais experiente dessa mesa fosse eu.

— O fato de eu não sair por aí falando sobre essas coisas não significa que eu não tenha meus segredos. — Sorriu. — Que, aliás, nem são secretos. E já falamos sobre isso, Mabel — lembrou. — Cuidar da autoestima, gostar do próprio corpo e contar com a ajuda de alguns brinquedinhos.

— Eu não falei! — vangloriou-se Rebeca. — Bem que eu disse pra você comprar um vibrador. Tenho vários lá em casa, mas não dá pra emprestar — esclareceu a amiga. — Seria um pouco nojento.

A conversa se prolongou sem que notassem o tempo passar. Uma garrafa de vinho tornou-se duas e, quando por fim resolveram retornar ao hotel, ficaram paradas no meio da rua, admirando a imensidão do céu salpicado de estrelas.

12

O segundo dia de caminhada seria puxado, vinte e cinco quilômetros iniciados com uma subida de mais de duas horas no escuro, às quatro da manhã. Sem saber como, Rebeca deixou-se convencer de que sair esse horário era a melhor estratégia para driblar o calor previsto para o dia. Nem nos tempos de estudante ela acordava tão cedo. Na sua casa, a oração do dia era feita religiosamente às cinco da manhã, antes da colação, onde a família agradecia pela comida e pelo início de mais um dia.

Ela tentava manter a passada, mas precisava dar pausas para esperar por Mabel, que se cansava. Em algum ponto da subida, Melissa arranjou um pedaço de pau, transformado em cajado, que ajudava a amiga a fazer menos esforço.

— Podem ir — disse ofegante. — Encontro com vocês lá em cima.

— Tem certeza? — perguntou Rebeca, desligando a única lanterna que iluminava o caminho.

Por alguns segundos, que pareceram uma eternidade, elas não viram nada. E a ausência de barulho deixava o ambiente ainda mais aterrador.

— Liga, liga, pelo amor de Deus! — implorou Mabel. — Parece uma cena de filme de terror. E se tiver alguém escondido por aqui? Pronto para pegar uma de nós, arrastar para o meio da floresta e fazer *aquilo*?

— Ah! Agora você está preocupada com isso? — repreendeu Melissa, empurrando a amiga, obrigando-a a se mover. — Tenha certeza de que você está mais segura aqui do que em qualquer ruazinha do Brasil — tentou se convencer.

Melissa nunca tinha ouvido nos noticiários nenhuma notícia que remetesse à violência nesse Caminho. Se houvesse, com certeza saberia. Ainda assim, era estranho caminhar sozinha, em pleno breu, acompanhada apenas das amigas. Era uma liberdade que assustava, em especial para elas que cresceram acostumadas a se precaver sempre que saíam de casa. O primeiro mandamento que toda mulher deveria obedecer era nunca andar por lugares mal iluminados. O segundo: evitar andar sozinha por locais desconhecidos. E, por último, esconder tudo o que fosse de valor para não dar na pinta. E lá estavam elas, sozinhas, no escuro, ostentando celulares, tênis novos, uma mochila da Nike, outra da Adidas, fazendo tudo o que foram ensinadas e condicionadas a não fazer.

Mas o medo foi passando à medida que o tempo transcorria e nada acontecia. Ou melhor, quase nada. Com o despertar da aurora, começavam a se deslumbrar com o lugar que estavam e avistaram a primeira parada, Gonzar, uma das vinte paróquias do Concello de Portomarín. Nessa paróquia, a pequena Igreja de Santa Maria, de estilo romântico, muito antiga, mas conservada, saudava os peregrinos. Na porta, uma pequena mesa com selos que poderiam ser colecionados e davam direito ao certificado de conclusão do Caminho.

Mabel recusou-se a entrar na igreja; como nas outras vezes, optou por aguardar do lado de fora. Rebeca, sempre avessa às construções religiosas, começava a deixar a resistência de lado e entrava para, pelo menos, descansar as pernas ou admirar a construção. Descobrira que cada igreja naquele caminho era única, algumas com séculos de existência. Já Melissa, escolhia ao menos duas igrejas por dia para entrar e fazer orações, algo incomum na sua rotina, mas compreensível, considerando os sentimentos que aquela jornada evocava.

Intrigada, Rebeca saiu do interior da construção e foi conversar com Mabel.

— Por que você não está entrando nas igrejas? Achei que iria curtir esse troço, tirar algumas fotos, falar sobre a influência na literatura ou, sei lá, rezar — comentou. — Aliás, você não tem pegado selos das igrejas. O que está acontecendo?

Caso desejasse, o peregrino poderia pegar uma credencial que funcionava como passaporte. Mas para ganhar um certificado na conclusão do trajeto, precisava coletar ao menos dois selos por dia. Mabel coletava todos os que podia, para irritação de Rebeca. Às vezes, ela somente queria seguir a caminhada, mas a amiga parava em cada estabelecimento comercial, perguntando se tinha selos, o que nem todos possuía.

Mabel ficou quieta por um momento, até que resolveu perguntar se tinha algum padre naquela igreja.

— Padre? A essa hora? — espantou-se Rebeca, olhando o relógio, que marcava sete horas da manhã. — Não, amiga, não tem.

Mabel remexia-se no chão. Olhava para os lados, para o interior da igreja, deixando evidente seu incômodo em estar ali.

— Ah, Bel, fala logo. Você sabe como eu estou no limite da minha paciência — confessou.

A amiga levantou-se do chão, sacudiu a roupa para tirar o pó acumulado e desabafou:

— Acho que só poderei entrar em uma dessas construções depois de me confessar. Será que na próxima encontramos um padre?

— Confessar? Por quê?

Olhando para o chão, visivelmente envergonhada, ela sussurrou:

— Eu roubei.

— O quê?

— Eu roubei! Sou uma pecadora!! — gritou a plenos pulmões.

E então contou tudo: como raspou parte dos investimentos do marido da conta conjunta para bancar a viagem em um ato de raiva. Ainda que estivesse feliz por estar ali, estava arrependida, pensando no que o marido poderia estar pensando dela. Talvez essa fosse a prova de que ela tinha mudado para pior, a ponto de roubar a própria família.

— Não te entendo, amiga, juro. Ontem você estava lamentando seu casamento, querendo saber como chegaram a esse ponto — ponderou Rebeca. — E hoje você está se culpando por tudo de errado, é isso mesmo?

Mabel confirmou.

— Desisto. Não consigo lidar com isso. Muito complexo pra mim, zero paciência. Você está se culpando por tentar melhorar o casamento? Por pegar parte do dinheiro que ele dizia que não tinha e que também era seu? Me poupe! — gritou.

Não demorou muito para Melissa sair da igreja e pegar o fim da conversa. Diferente do que sempre fazia, dessa vez ela optou por não intervir, e seguiram as próximas duas horas de caminhada em silêncio até chegar na entrada de Ventas de Narón, mais uma pequena aldeia. Logo na entrada, uma casa adaptada para venda de lanches parecia uma boa pedida para mais uma parada. A médica entrou no pequeno estabelecimento, comprou um *croissant* e fez algumas perguntas ao responsável pelo estabelecimento, que apontou uma direção.

— Você não vai falar nada? — Rebeca aproximou-se da médica. — Isso é um total absurdo. Onde já se viu achar que é uma ladra?

— Se não quiserem comprar nada, vamos seguir — ignorou Melissa. — Estamos muito lentas hoje e não quero chegar tão tarde.

Na saída da aldeia foi fácil avistar a Capela da Magdalena, que tinha sido utilizado como um antigo hospital a serviços dos peregrinos. Como muitas das igrejas e capelas da região, hoje era mantida por moradores, que arrecadavam dinheiro dos peregrinos para garantir a sua conservação. Melissa se aproximou da porta e encontrou o que buscava. Virando para Mabel, disse:

— Pronto, você não queria um padre? Aqui tem um.

Desconfiada, Mabel olhou a construção minúscula, comparada com os padrões da Igreja Católica, feita de pedras e uma chamativa porta de madeira talhada com imagens que remetiam a história do lugar, a concha, o cálice e a cruz. No seu interior, teto de madeira rústica e, ao fundo, um altar simples com algumas imagens religiosas de santos que ela não conseguia identificar. À esquerda, uma outra imagem menor, de Nossa Senhora, e à direita, uma cruz de madeira encostada na parede.

Atrás de uma pequena mesa, um senhor idoso, trajando uma batina marrom e semelhante à dos frades, amarrada pela cintura com um cinto, e sandálias, olhava para ela. *Parece o padre certo para esse lugar*, pensou. Ainda incerta se deveria seguir em frente, olhou para Melissa e disse:

— Mas como é que ele vai entender o que eu tenho para falar?

— Ele deve estar acostumado. O que mais deve ter aqui é gente falando em outros idiomas. Vai na fé — adiantou-se Rebeca.

— Eu posso traduzir, se quiser.

Mabel pensou por alguns segundos e assentiu. Era apenas uma confissão e o assunto não era novidade para as amigas. Ela ficaria bem desde que cumprisse com a penitência dada.

Os minutos seguintes foram com Melissa atuando como tradutora. Ora falava com o idoso, ora com Mabel, transmitindo suas palavras com calma e tranquilidade. Rebeca acompanhava tudo do lado de fora, mas não tão distante, considerando o diminuto tamanho daquele lugar. E Mabel colocou tudo para fora: sobre seu casamento, a distância do marido, sobre como ela poderia ter feito melhor, o acesso de raiva, o roubo do dinheiro e como elas haviam parado ali. E Melissa traduziu tudo pacientemente.

Quando Mabel finalmente parou de falar, o idoso fez um sinal da cruz e disse:

— Filha, veja bem, às vezes a distância no coração é mais longa que qualquer viagem no mapa. Não é pecado querer fugir quando a gente cansa de ser invisível. Agora, sobre pegar o dinheiro... — Ele fez uma pequena pausa, empregando um tom de seriedade que preocupou todas. — Bem, faça uma pequena contribuição para a igreja e busque clareza enquanto caminha. Tenho certeza de que, ao final, quando chegar em Santiago, terá a resposta que busca.

Aliviada, Mabel retirou da bolsa uma nota de cinquenta euros e entregou nas mãos do sacerdote. Sem esperar pelas amigas, ajeitou a mochila nas costas e retomou a estrada em direção ao próximo destino.

Surpresa com a mudança súbita, Rebeca sussurrou para Melissa:

— Que sorte encontrar um padre legal por aqui, né?

Melissa deu um pequeno sorriso e sussurrou de volta:

— Exceto pelo fato de que ele não é padre. — Escondeu um pequeno sorriso. — Mas, pelo amor de Deus, nunca conte isso para Mabel!

13

Palas de Reis, terceiro dia de caminhada, e o mais longo de todos — quase trinta quilômetros. Agora, as meninas estavam habituadas com o trajeto e o silêncio não era um incômodo, justo pelo contrário, passou a ser reverenciado. Naquele dia elas iniciaram a caminhada às quatro da manhã, ainda no escuro, sob forte névoa e um frio intenso. Entretanto, as condições climáticas não as impediam de admirar a beleza do lugar, um dos mais importantes durante a Idade Média, onde os peregrinos costumavam se reunir para enfrentar os últimos trechos do percurso. A Iglesia de San Tirso de Palas de Rei e seu portal romântico já tinham ficado para trás, dando lugar para a densa vegetação, quando Melissa pediu para fazer uma pequena pausa. Por conta da diferença de cinco horas no fuso horário, ela criou o hábito de ligar para Lucas naquele horário.

— Oi, filho, como você está? — emocionou-se. Fazia tempo que não se sentia tão conectada ao menino, mesmo estando tão longe. Ouvir, ainda que brevemente, sobre as aventuras na colônia a deixava feliz e os levavam a um lugar comum, onde ela tinha referências para partilhar.

— Ontem dormi sem tomar banho — confidenciou baixinho. — Estamos acampados em uma área perto do hotel, mamãe, e a única alternativa era o rio. Mas a água estava muuuito gelada. — Riu enquanto, ao fundo, outras crianças brincavam.

Melissa sorriu. Lá estava seu filho realizando outro sonho: dormir sem tomar o banho do dia.

— E o que vão fazer hoje?

— Acabamos a colheita da horta e agora vamos de caminhão para a cidade vender na feira.

— Cuidado com o transporte! Vocês não vão na carroceira, né? — preocupou-se.

— Relaxa, mãe. Você está que nem o papai, repetindo as mesmas coisas.

Melissa sentiu a respiração falhar. Por um momento, perdeu a noção de onde estava. Não tinha notícias do marido desde que saíra do Brasil. Mabel recebia ligações diárias de Rômulo, ainda que se recusasse a atendê-las. Ele, inclusive, ligou para as amigas e ouviu de Rebeca um sermão, recomendando que deixasse a esposa esfriar a cabeça enquanto ele pensava no que poderia fazer de diferente para recomeçar. Mas, ainda assim, ele insistia. Por isso, ouvir Lucas mencionar o pai a deixou abalada. Seria tão fácil para Raul esquecer de tudo e desistir? Sem ao menos insistir?

— Seu pai te ligou hoje? — perguntou, cautelosa.

— Duas vezes no dia! Você pode pedir para ele não exagerar? Contando com você, são três ligações, mãe. Meus amigos estão começando a encher, dizendo que sou bebezinho — reclamou.

Lucas não sabia que os dois estavam brigados e sem se falar, e para não estragar a experiência do filho, ela fingia normalidade. Mas foi inevitável não sentir o peito aquecer ao saber que Raul não criou nenhum empecilho e estava acompanhando o filho naquela aventura.

Apesar da tristeza com a traição, existia saudade, o que dava um nó em sua cabeça. E, para piorar, quanto mais caminhava, maior a certeza de que não desejava voltar para a vida de antes. Deu-se conta de que sentia falta do que há muito não existia: o carinho gratuito, o olhar cúmplice, as gargalhadas que deixavam os dias difíceis mais leves. A cada passo que dava naquela estrada de barro batido, cercada de árvores seculares, reconhecia o peso que carregava por tentar se encaixar em um mundo que não a queria. E, sem perceber, foi se desprendendo de conceitos e regras que criou para tentar sobreviver. A cada quilômetro avançado, redescobria um pouco mais da Melissa que havia deixado para trás, e isso, apesar de ser libertador, a afligia.

— Vou tentar. Mas você sabe que é complicado falar com ele. São quatro da manhã por aqui.

— Mãe, tenho de ir. O pessoal está saindo — interrompeu, desligando o telefone logo em seguida, sem ao menos se despedir.

Assim que Melissa parou de falar, tudo o que restou foi a intensa cantoria das cigarras. Munida de uma lanterna, Mabel tomou a iniciativa e indicou o percurso por onde deveriam seguir. Continuaram introspectivas por horas, atentas a cada pisada, pausando apenas quando a escuridão do céu deu lugar ao tom rosa alaranjado mais lindo que viram em toda a vida.

O relógio marcava sete horas e cinquenta minutos quando o sol despontou preguiçoso no horizonte. O cheiro do orvalho e a crescente cantoria dos pássaros pareciam anunciar um novo dia, convidando-as a seguir o ritual que tinham estabelecido, sem sequer combinar. Mabel sentou-se em uma pedra, Rebeca encostou-se em uma árvore e Melissa procurou um local mais afastado. Por longos minutos, todas admiravam o céu enquanto ele mudava de cor, como se orassem em silêncio, com os corpos em perfeita sincronia. Em cada rosto, ao menos uma lágrima escorria.

 Foi Rebeca que interrompeu o sossego:

 — Virei uma manteiga derretida — afirmou, enquanto enxugava o rosto. — Agora choro por tudo.

 — São os hormônios — justificou Mabel.

 — Ou a falta deles — brincou Melissa, obrigando-se a ocultar o que a afligia.

 — Eu estava aqui pensando, acho que não estou chateada com Davi. Passou — confessou, fazendo as amigas esquecerem da brincadeira. — Aliás, por que ficaria chateada? Ele nunca me prometeu nada e eu ainda entrei nessa achando que ele fosse gay — gracejou. — Quem diria que ele tem um filho daquela idade?

 — Cada um com sua cruz — contemporizou Mabel. — Pelo que ouvi das meninas do seu salão, que adoram falar da vida alheia, ele foi pai cedo, mas sempre teve o sonho de ser cabelereiro, ou melhor, *hair designer*. Vivendo no interior e com uma esposa de família conservadora, foi difícil deixar tudo pra trás e correr atrás do sonho. Parece que só agora, depois de anos, que conseguiu reencontrar o filho — explicou. — Mas não minimize sua dor. Ainda que ele não seja um sacana — enfatizou, fazendo as amigas rirem, já que raramente usava palavrões. — Você criou expectativas, o que é natural.

Rebeca assentiu e retomou a caminhada abismada. Elas tinham acabado de ser ultrapassadas por um casal que usava uma guia para caminhar, feita de um material rígido, mas flexível o suficiente para que fosse possível perceber a mudança de direção e desnível do piso. Ao longo desses dias, viram de tudo: pessoas com muleta, cadeira de rodas, idosos, adolescentes... cada um no seu ritmo, tudo em nome da fé.

— Não minimizo — retomou o assunto. — Só que ele não tem nada a ver com a bagunça em que me encontro. Na verdade, acho que ele me ajudou.

Não era nenhuma novidade para as amigas que Rebeca era cheia de bloqueios e manias, principalmente por conta dos traumas que teve na infância. Melissa e Mabel já conversaram sobre isso inúmeras vezes; apesar de moderna na armadura, a empreendedora ainda era reservada e um tanto conservadora na essência. O motivo de preferir garotos novinhos era só uma estratégia para não se apegar. E nem todo o sucesso e dinheiro, que tinha de sobra, foram capazes de fazê-la se apropriar da vida que conquistara e garantir um pouco mais de conforto e luxo para si. Seu apartamento, apesar de fazer parte de um dos prédios mais nobres do Leblon, no Rio de Janeiro, ainda tinha uma decoração ridícula de tão simples.

— Eu quero uma companhia, sabe? Davi me fez perceber o quanto estou sozinha — admitiu. Mas, notando o espanto das amigas, esclareceu: — Sim, eu sei que tenho vocês. Mas com ele percebi o quanto é bom ficar enrolada na cama, sentindo o peito quentinho de alguém, falando sobre coisas bobas e até mesmo sérias — explicou. — Ele me fez entender que eu não quero ter filhos. Disso eu tenho certeza absoluta! Mas não significa que eu não possa ter uma companhia.

Mabel ficou com os olhos cheios d'água. Foi um longo caminho até Rebeca admitir. Estava prestes a dar uma das suas declarações emocionadas, que a amiga tanto odiava, quando foi interrompida.

— *Spaghetti!!!* — gritou o mesmo homem que encontraram no restaurante em Portomarín. Desde então, ele vinha repetindo a mesma palavra sempre que encontrava Rebeca, pelo menos duas vezes ao dia.

O engraçado, como Melissa ponderou da última vez, é que ele tinha uma passada muito mais veloz que a delas, mas ainda assim, cruzava com elas. E o monólogo era sempre o mesmo: o prato que pediram em comum.

— O que essa coisa acha que está fazendo? — explodiu Rebeca, dessa vez irritada, certa de que o homem não entendia uma palavra de português. — Ele parece um papagaio repetindo a mesma coisa todos os dias!

— Ah, amiga, eu acho bonitinho! Olha só a forma como ele ri pra você? — derreteu-se Mabel.

— Olha a breguice! Que homem é esse que canta uma mulher usando apenas uma palavra: *spaghetti!!!* — repetiu igual, fazendo o homem sorrir e repetir em resposta, para alegria de Mabel e Melissa.

Chateada, Rebeca levantou os braços ao alto e sinalizou para que ele seguisse adiante. Se não fosse a barreira do idioma, com certeza teria dito poucas e boas.

— Confesso que fico esperando o momento em que ele irá cruzar com a gente — admitiu Melissa, observando-o se afastar, enquanto pegava um boné na mochila. — É uma parte divertida da viagem — completou, apostando que talvez Rebeca não achasse tão ruim assim. — Por que da próxima vez você não tenta puxar conversa com ele?

— Falar o quê? E eu lá sei falar a língua dele? Só não passo fome aqui na Espanha porque tenho você, e ainda rola um portunhol.

— Não sei, Beca. Você acabou de dizer que quer uma companhia e está esculachando o pobre coitado. Pelo menos ele está tentando. Do que você tem medo?

Melissa sempre foi a responsável por confrontar as amigas com a realidade, mas dessa vez foi diferente. *O tom*, pensou Rebeca, *que parece mais uma acusação do que uma constatação*. Aquilo a atingiu de um jeito que não esperava. Por isso, defendeu-se:

— Medo? Como assim, medo? Eu não tenho medo de nada, faço tudo o que me dá na telha. Posso morrer amanhã sabendo que me arrisquei — bradou, mais irritada do que gostaria. Por que cargas d'água ela não conseguia manter a calma?

— Ah, fala sério — reagiu Melissa. — Todo mundo tem medo de alguma coisa. Você tinha medo de homens mais velhos, disse que superou, mas acho que não é bem assim. Está maltratando um pobre coitado que só está tentando ser gentil.

Mabel olhava para as amigas sem saber o que fazer. A última briga delas tinha acontecido há exatos vinte e cinco anos, quando ainda eram adolescentes. Tinham acabado de se conhecer, sem nenhuma ideia da bagagem que cada uma carregava e um desentendimento bobo fez com que elas saíssem no tapa.

— Sou corajosa, sim! Faço o que quero. Encaro meus medos!

— Encara mesmo, Beca? — instigou a médica. — E seus cabelos brancos? Você sempre diz que quer assumi-los, mas nunca tem coragem. Sempre coloca a culpa nos contratos e na indústria. Você não é corajosa assim, só tem uma boa desculpa para tudo.

— Ei! Quem você pensa que é pra falar comigo assim?

Nesse momento, Mabel se colocou entre as duas. A forma como Rebeca avançou em direção à Melissa parecia indicar que elas chegariam, sim, às vias de fato.

— Sou sua amiga — gritou Melissa. Ela nunca gritava —, tentando te fazer enxergar a verdade.

— Verdade? — debochou Rebeca. — Você quer falar de verdade? Diz a mulher que pegou o marido com outra e não teve coragem de encarar! Não deu um grito, um tapa na cara, continua aí, se fingindo de *lady*, uma pessoa totalmente diferente de você. Que mulher em sã consciência estaria assim?

— Para, Beca, chega! — gritou Mabel.

As amigas ocupavam todo o pequeno trecho da estrada, obrigando os poucos peregrinos a se espremerem entre o trecho livre e uma cerca que as separavam de algumas vacas. Só que, dessa vez, pela intensidade dos gestos, nenhum se arriscava em oferecer ajuda.

— Para nada, agora ninguém me segura. A doutora que mudou até o estilo do cabelo para agradar o marido, a senhora perfeita que nunca pode ser vista desarrumada, que faz tudo para se encaixar — gritou. — Sem falar nos joguinhos. Você fica aí reclamando que eu tenho que me acalmar e aceitar, mas pelo menos eu pego quem eu quero, e você? Quantos joguinhos tem que fazer pra manter a chama do casamento acesa?

No momento em que disse isso, Rebeca se arrependeu. Mas ela já tinha ido longe demais e precisava falar tudo o que estava entalado em sua garganta.

— Para quê, Melissa? Me diga! Isso é verdade? Isso é coragem? Vale a pena viver assim, só para dizer que tem uma família?

Foi então que Melissa, sem nenhum aviso prévio, empurrou Mabel e partiu para cima de Rebeca. A força do impacto foi tanto que elas caíram no chão e foram rolando pela inclinação da estradinha de barro, que estava úmida por conta do orvalho.

— Parem, vocês duas! Parem! — gritava Mabel, desesperada, correndo atrás das amigas.

Quando a força do impacto as fez parar de rolar, tudo o que se via eram duas figuras repletas de lama da cabeça aos pés, aos soluços. Inquieta, Mabel tentou se aproximar, para identificar algum machucado, mas elas não se largavam. Angustiada, começou a olhar ao redor para ver se alguém aparecia para acudir. Mas o soluço deu lugar para algo parecido com choro.

Mabel gritava inutilmente por socorro, com o rosto lavado em lágrimas até perceber que os soluços viraram, na realidade, risadas. E as duas, que até então estavam agarradas, soltaram-se e ficaram de barriga pra cima, de olhos fechados, tentando recuperar o fôlego. E Mabel, paralisada, ainda sem entender.

Foi então que Melissa se sentou e deu a mão para a amiga, que aceitou.

— Você tem razão, sou uma cuzona — admitiu Melissa. — Fiz de tudo para ser a esposa perfeita, e olha no que deu.

— Eu também, sou uma medrosa — confessou Rebeca. — Pago de moderna, mas morro de medo de ser julgada.

As duas se abraçaram e ficaram ali, por alguns minutos, até que foram interrompidas pelos tapas bem dados de Mabel.

— Suas idiotas! Precisavam chegar a esse ponto para chegarem a essa conclusão? Sabem o susto que me deram? — desabafou, chorando, com os tapas já perdendo a intensidade.

Rebeca e Melissa se olharam e não pensaram duas vezes. Puxaram a amiga para o chão, deitaram em cima e a fizeram rolar pela lama, enquanto Mabel, já rindo, implorava para que parassem.

Ficaram por ali por quase uma hora, sem que vivalma aparecesse.

— Já que estamos na merda, vamos chegar no fundo do poço juntas — disse Rebeca, enquanto se levantava e ajudava as amigas a fazerem o mesmo. — Quem sabe assim fica mais fácil encontrar o caminho de volta?

14

Já eram seis horas da manhã e elas ainda não tinham começado a caminhada do dia. Uma forte chuva caiu durante toda a noite no pequeno povoado de Arzúa e não dava trégua. Prontas, as amigas se abrigavam na pequena varanda da pousada, esperando uma oportunidade para sair.

— Será que o dia será perdido? — lamentou Mabel.

A força da água era tanta que um pequeno rio se formava na frente da pousada. E nenhuma alma passava. Mabel estava inquieta, andando de um lado para o outro, enquanto Rebeca olhava para o céu, tentando identificar se em algum momento a chuva daria uma trégua.

De repente, um coro de vozes chamou a atenção. Não tardou muito para um grupo de jovens passar pela frente da pousada cantando algo em espanhol. A alegria daquele grupo era tanta que nem parecia que estavam embaixo de uma chuva cerrada.

— Que loucos! — desdenhou Rebeca. — Ainda que sejam jovens, não tem como os pés deles chegarem intactos até O Pedrouzo.

Mabel juntou-se à amiga e por isso elas não notaram quando Melissa colocou a capa de chuva e aproximou-se do portão.

— Olhem! — disse ela, já se molhando. — Tem mais ali. Vamos! — gritou, enquanto abria o pequeno portão e se juntava à multidão de mais de sessenta jovens que passavam como que em procissão.

— Você está louca, Melissa! Olhe essa chuva!

— Sim, estou louca! E vocês também, vamos! — gritou, começando a se perder entre a pequena multidão.

Rebeca e Mabel não tiveram outra escolha, senão se juntar à amiga. De início, elas tentavam pular as poças d'água para poupar os pés, até perceberem que era impossível.

— O que deu em você? — acusou Rebeca, enquanto elas aguardavam o sinal fechar para seguir viagem. Os primeiros trechos do dia eram sempre dentro da cidade, o que ela agradecia, já que evitava a sujeira da lama. — A gente pode pegar uma pneumonia!

— Olhe pra isso, Beca. — Mostrou Melissa, baixando temporariamente o capuz da capa, deixando que a chuva forte encharcasse seu cabelo. — Quando é que a gente vai ter a chance de fazer isso de novo?

Rebeca olhou para Mabel em busca de apoio, mas não conseguiu. A amiga também tinha abaixado o capuz da chuva e estava sentindo a água lavar seu rosto.

— Que delícia! Tenta também, Beca! Nem lembro quando foi a última vez que tomei um banho de chuva!

Rebeca não deu o braço a torcer. Mas sua mão, levemente inclinada, com a palma aberta em direção ao céu, indicava que também gostava daquela decisão. Em algum momento da vida adulta, tomar banho de chuva passou a ser algo proibido. Estava reservado apenas às crianças o direito de refestelar-se na chuva, na lama, cabendo aos crescidos a necessidade de se conter.

As amigas não percebiam, mas a cada quilômetro daquela caminhada elas ficavam mais leves; bagagens invisíveis eram abandonadas ao longo da estrada. O caminho as lembrava que é possível viver com o mínimo e valorizar as pequenas coisas. Todos os dias elas saíam de casa para o trabalho, ou para os afazeres diários, com a bolsa cheia de coisas que, em tese, não podiam viver sem, decisões ou bens. Mas ali, naqueles dias, elas entendiam que nada daquilo era necessário. Que o importante era a terra que pisavam, o ar puro que respiravam, o vento e a chuva que tocavam seus rostos.

Elas não perceberam o exato momento em que deixaram de pensar e falar dos seus problemas para apenas aproveitar a jornada, admirando as pequenas coisas que brotavam à sua vista. Como um poço no meio do pasto, parecido com aqueles dos contos de fada. Um par de botas usadas. Ou um cajado, deixado no canto da estrada, para que alguém em necessidade pudesse utilizar. Não raro, paravam para ler recados que peregrinos escreviam em pedras ou deixavam amarrados em cercas. A beleza do simples transbordava e curava.

Ao chegarem ao limite da cidade, onde o piso de pedra chegava ao fim, Rebeca não se importava mais com a chuva ou com a lama. Ela sabia que não devia nada a ninguém e que ali, pela primeira vez, podia ser ela, a menina em corpo de mulher, com cabelos grisalhos, rosto marcado, mas feliz. Foi difícil conter a risada quando Melissa viu que agora era a amiga pulava de poça em poça, como faziam quando criança.

Foi difícil conter seu instinto ao notar que o tênis da amiga agora estava molhado. Deixaria para lidar com o problema quando ele aparecesse. E se aparecesse.

⁂

Era fim de tarde quando entraram em Concello de O Pino, o penúltimo município galego daquele trecho. A chuva atrasou o cronograma de caminhada e, depois da diversão, elas queriam chegar logo na pousada, tomar um bom banho e tirar o tênis ainda úmido dos pés.

— Uau!! Acho que nunca me acostumarei com isso — maravilhou-se Mabel com a arquitetura do lugar. A impressão que tinha era de que a qualquer momento apareceriam cavaleiros em suas armaduras de ferro e damas com aqueles longos vestidos de pano. Assim como outros povoados do Caminho, aquele local parecia estar parado no tempo.

Após a ponte, uma antiga igreja do século XVIII chamava a atenção. Alguns peregrinos, cansados demais para seguir até O Pedrouzo, última parada do dia, pernoitavam naquela região, que prometia uma fonte de água curativa.

— Podemos tirar algumas fotos por aqui? — pediu Mabel. Todos os dias sua filha cobrava por fotos novas em lugares diferentes. Pedia também que a mãe desse um pequeno relato sobre o que mais tinha gostado durante o dia. Às vezes, Mabel enviava por escrito; às vezes, por vídeo. Ver que a filha se animava com a sua pequena aventura a deixava empolgada e cheia de energia.

— Aproveitamos para comer alguma coisa. Já estou morrendo de fome — confessou distraída, sem notar o buraco à sua frente, que a fez cair com tudo no chão.

— Ai!!! — urrou de dor.

— Está bem? Precisa de ajuda para levantar? — brincou Melissa, acostumada com a falta de jeito da amiga. Aquela não era a primeira queda que ela sofria na viagem. Até que Mabel começou a chorar.

— Acho que torci meu pé. Dói tanto que nem consigo respirar.

Rebeca olhou para os lados, mas justo naquela parte do trajeto não tinha ninguém passando. Tudo o que ela viu mais adiante foi um casal de idosos que caminhava apoiado em um cajado. Dificilmente eles prestariam o tipo de ajuda que precisavam para aquele momento.

— Venha, deixa que eu e Beca te seguramos. Se apoie em nosso ombro — ofereceu. — Já tivemos muita emoção por hoje, só quero chegar na pousada e tomar um banho.

Foi difícil, mas depois de um tempo, as amigas conseguiram levantar Mabel, que ainda se contorcia. Mas a felicidade por ter conseguido levantá-la deu lugar à preocupação, quando perceberam que o difícil seria fazê-la andar.

— Deve ter algum hostel por aqui. Vamos ficar um pouquinho de pé e, assim que alguém passar, pedimos ajuda — ponderou Melissa, ainda que incerta sobre essa possibilidade.

Só que ninguém passava. Era assim no Caminho de Santiago. Em alguns trechos, parecia desfile de carnaval; em outros, não havia vivalma, às vezes por horas.

Rebeca pegou o celular, mas percebeu que aquela região estava sem sinal, o que era comum naquele tipo de povoado que ficava praticamente isolado entre florestas.

O peso de Mabel começava a afetar o esforço necessário para manter o equilíbrio. Avançar era exigir que a amiga desse pequenos pulos de Saci, mas o cansaço a impedia de manter um ritmo que fosse o suficiente para chegar a algum lugar.

Por isso, pela primeira vez, Rebeca não se irritou ao ouvir aquela voz:

— *Spaghetti?* — Só que agora ele não saudava, mas inquiria.

— Graças a Deus que você ainda está por aqui, Spaghetti. Mabel caiu e acho que torceu o tornozelo. Você sabe onde tem um hospital?

Mas ele não respondeu, o que obrigou Rebeca a repetir, dessa vez mais alto:

—HOS-PI-TAL! — repetia, gesticulando com o único braço disponível, já que com o outro sustentava a amiga que voltara a chorar.

O homem careca ajoelhou-se no chão, falou alguma coisa que elas não entenderam e tocou no tornozelo de Mabel, que gritou.

— *Elle a subi une entorse et la région est très enflée. Nous devons trouver un moyen d'immobiliser* — comentou.

— O que você disse? — perguntou Rebeca, sem entender nenhuma palavra.

— *Une entorse? Vous êtes médecin?* — perguntou Melissa.

— *Oui. Je suis médecin spécialisé en sport de haut niveau* — ele respondeu.

— O que é que vocês estão falando? — perguntou Rebeca, aflita. — Você entende o que ele fala?

— Sim, ele é francês. E médico especializado em esportes de alto nível. Demos sorte; no meio do nada, uma solução.

— *Excusez-moi, ma chère.* — Beca não entendeu nada, mas ficou claro que ele pediu para ela se afastar. E, olhando para Melissa, ele continuou: — *Demande à ton amie de monter sur mon dos. Nous devons nous rendre au village le plus proche, où nous trouverons un moyen de transport pour aller à l'hôpital.*

Melissa traduziu o que ele disse e pediu para Mabel subir nas costas do homem, esclarecendo que ele a carregaria até um local onde pudessem conseguir um transporte para o hospital. Só que não foi tão fácil assim.

— Você tá doida! Nem Rômulo consegue me carregar mais! Não vim pra Espanha pra passar vergonha. Só faltava ele me deixar cair ou dizer que eu estou muito pesada. Não, não, não!

O homem já tinha tirado a mochila das costas, posicionado-a em seu peito e ajoelhado no chão, alheio à pequena crise. Melissa tentou argumentar:

— Mabel, aqui não tem nenhum serviço de emergência. Ele se ofereceu gentilmente para te carregar até um lugar onde exista um transporte. — E, olhando para ele, continuou: — E eu acho que ele te aguenta. Quer dizer, tenho certeza. Ele é magrinho, mas parece ter músculo — tentou se convencer.

Melissa e Rebeca tentavam soltar Mabel, e ela travava. Ainda que com dor, ela se recusava a subir nas costas do estranho e por isso tentava todos os artifícios:

— Rômulo vai me matar se eu subir nas costas de um estranho. Vocês sabem como ele é ciumento — apelou, olhando desesperadamente para os lados em busca de uma alternativa.

Foi então a vez de Rebeca estourar:

— Toma vergonha, Mabel! Depois do que ele fez, você ainda está se preocupando com o que ele pode achar! — E largando a amiga, que ficou sem um apoio, continuou: — Ou você sobe em Spaghetti ou eu te deixo aqui — ameaçou.

Mabel perdeu o equilíbrio. Para não cair, jogou todo o seu peso sobre Melissa, que quase não aguentou. Ciente do quão patética era a situação, concordou. Em português, pediu licença ao homem, que continuava ajoelhado, e subiu. Quando ele começou a se levantar, ela começou a rezar. As amigas, também.

E ele aguentou o tranco. Se estava fazendo esforço, não parecia. Sua passada era apenas um pouco mais lenta que o usual. Lembrando-se de que ainda não sabia seu nome, Melissa perguntou:

— *Merci. Quel est votre nom?*

— *Pierre* — ele respondeu.

— *Je m'appelle Melissa. Et mes amies s'appellent Mabel et Rebeca.*

Ele olhou para Rebeca e repetiu seu nome com sotaque francês: Rebeca.

E, naquele momento, Rebeca sorriu. De repente, ficou preocupada com o esforço que ele fazia, virou-se para Melissa e cochichou:

— Tem certeza de que é uma boa ideia ele carregar Mabel? E se ele tiver um troço aqui, como é que a gente acode aos dois?

Melissa analisou a situação e disse que ele parecia estar dando conta. Respiração regular, passadas ritmadas e coluna ligeiramente envergada para distribuir o peso. Mesmo assim, Melissa virou-se para ele e disse:

— *Pierre, Rebeca est inquiète pour vous. Elle a peur que vous ne vous blessiez en portant notre amie.*

— *Rebeca?* — ele repetiu com aquele sotaque, olhando para ela, fazendo-a sorrir mais uma vez. — *Comme c'est charmant. Dites-lui que je suis plus forte qu'elle ne l'imagine.*

— O que foi que você falou? O que foi que ele disse? Por que ele tá olhando assim pra mim? — agitou-se. Mal percebia que a sua mão suava.

Rindo, Melissa esclareceu:

— Eu disse que você estava preocupada com o fato de ele estar carregando a Mabel. — Mal terminou de falar, sentiu o tapa da amiga no seu braço.

— Você está louca? O que ele vai pensar de mim?

Ainda rindo da situação, Melissa continuou:

— Ele achou encantadora a sua preocupação.

— Vocês podem parar com isso? E Rebeca, você pode dar um tempo na paquera? Tô morrendo aqui, gente, sério — reclamou Mabel. — E em cima das costas de um cara que não conheço, que situação! Tô com medo até de respirar pra não pesar demais — confessou, fazendo as amigas caírem na gargalhada.

Quarenta minutos depois, com algumas paradas para descanso, eles por fim conseguiram uma caminhonete de um morador que os levou até o hospital de O Pedrouzo. Mabel foi na caçamba com as amigas, com a perna imobilizada em uma tala provisória, enquanto Pierre seguiu ao lado do motorista.

No hospital, apesar de constatarem que a torção não era séria, descobriram que seria necessário imobilizar parte da perna por alguns dias. Ainda que se sentisse grata por não sentir dor, Mabel lamentava o fato de não poder terminar o Caminho. Mesmo que tivesse começado o trajeto sem grandes expectativas, colecionava selinhos para obter o tão falado certificado de conclusão.

— E ele? — perguntou Rebeca, referindo-se a Pierre, que se manteve ao lado delas o tempo todo e agora conversava com os médicos.

Melissa fingiu não ouvir. Foi para o lado de Mabel, que seria transportada até o táxi em uma cadeira de rodas.

Percebendo que estava sozinha, Rebeca pegou o celular na mochila, abriu o aplicativo que utilizava para se comunicar com os espanhóis quando Melissa não estava por perto, mudou o idioma para o francês e se aproximou.

— *Ma chère, comment vas-tu?* — perguntou Pierre com um grande sorriso no rosto.

Pacientemente, ela ouviu a tradução e, segurando o celular próximo a boca, disse:

— Bem e você? Muito cansado? — Ao que o aplicativo do celular traduziu para o francês instantes depois.

— Não, imagina. Estou acostumado com situações como essa. — Ela ouviu a tradução.

— Obrigada pela ajuda. E sinto muito que tenha perdido um trecho da caminhada. Espero que isso não te impeça de pegar o certificado em Santiago — ela disse, e ele riu.

— Não faço a caminhada pelo certificado. Refaço esse caminho há mais de sete anos.

Rebeca ficou curiosa para saber o que fazia uma pessoa repetir o mesmo percurso há tanto tempo, mas não teve coragem para perguntar. Ainda.

— Vamos jantar? Imagino que amanhã cedo vocês sigam direto para Santiago.

Rebeca olhou para as amigas que assistiam o desenrolar fingindo desinteresse.

— *Oui* — arriscou-se a dizer em francês.

— Eu te pego às sete em seu hotel.

Uma explosão de gritos misturado com risadas chamou a atenção do potencial casal. Ao constatar o que acontecia, Rebeca teve vontade de se esconder. As amigas davam gritinhos e faziam dancinhas pelo simples fato de ela ter concordado em sair. Para piorar, Mabel ainda soltou em português, certa de que o francês não entenderia:

— Aee, Beca!! Vai dar o primeiro beijo internacional! Não precisa se preocupar com a hora de voltar pra casa, ok?

Ridículas, pensou. Mas não sem antes esconder um sorrisinho discreto que insistia em desabrochar em seus lábios.

15

— **M**elhor viagem da vida! — admitiu Mabel.
— Você está doida. Como pode dizer uma coisa dessas se está voltando pra casa com o pé enfaixado — questionou Rebeca, enquanto empurrava a cadeira de rodas da amiga no aeroporto do Galeão, no Rio de Janeiro.

Mas a cabeça da amiga ainda estava em tudo o que viveu, em especial em Madri, e nos dois dias que passaram por lá. Enquanto no Caminho de Santiago todos eram iguais, com seus trajes simples, empoeirados e concentrados em um mesmo objetivo, Madri era o oposto. A metrópole era um poço de diversidade, das mais gritantes, e Mabel nunca tinha visto nada similar. Não existia um senso comum de estilo, como no Rio de Janeiro, onde as mulheres poderiam ser enquadradas em dois grupos dominantes como patricinhas, com seus cabelos lisos, corpos sarados, procedimentos estéticos e unhas em gel, ou largadas, grupo ao qual fazia parte, onde o cansaço físico e mental as faziam desistir de qualquer intervenção estética.

Assim que pisou na Gran Vía, Mabel ficou hipnotizada. Mulheres de todos os tamanhos, de todos os estilos e com a atitude e autoconfiança que lhe faltavam. O senso estético era variado e ali era permitido usar o que quisesse sem riscos de ser condenada. Por isso, fez compras como nunca antes, animada por tudo aquilo que as lojas de *fast fashion*, como a H&M, tinham a oferecer. Blusas, saias, calças e lingeries que abraçavam seu corpo redondo.

— E graças ao seu namorado. Acho que essa é a primeira e última vez na vida em que viajei de primeira classe. A poltrona se transformou em uma cama! — descreveu, impressionada.

— Que namorado que nada! — desconversou Rebeca, mas sem convencer.

Depois do jantar em O Pedrouzo, em uma pequena taberna intimista, Pierre não desgrudou mais. Seguiu com elas para Santiago e, em seguida, para Madri. Preocupado com o conforto das amigas, ele pediu permissão para fazer uma pequena gentileza, mas elas não imaginavam que seria isso.

— Pois é, por que ele fez isso? Deve ter custado uma fortuna — preocupou-se Rebeca. — Não sabia que médicos ganhavam tão bem assim na Europa.

— Mas ele não é um médico qualquer, amiga, olha aqui. — Mostrou Mabel empunhando o celular. Na tela, uma foto muito bonita de Pierre e a informação de que era o médico-chefe do time de futebol Paris Saint-German. — Vai dizer que você não sabia disso? Vocês passaram um dia inteiro sozinhos em Madri, chegou no hotel só no dia seguinte. Claro que há de saber algo da vida dele.

— Pior que não. Sabe como é difícil se comunicar usando um tradutor? — reclamou frustrada, enquanto chegavam na esteira de bagagem. — Ele é até interessante, gentil e beija... — Começou a se abanar, para afastar o calor que acometia sua face. Ao se recompor, continuou: — Mas está muito longe, melhor não criar expectativas.

Melissa pegava as bagagens e colocava em um carrinho. Ela não havia conversado muito desde que entrara no avião. De uma forma ou de outra, Mabel e Rebeca desabafaram, e pelo menos imaginaram novos cenários para suas vidas no momento do regresso, diferente da médica.

Raul foi seu primeiro e grande amor. Namorar com ele foi difícil. Ele passou dois anos insistindo para terem algo e Melissa sempre resistente. Ela não queria depender de homem nenhum. O estado em que sua mãe ficou quando se divorciou do seu pai ainda a assustava. A família de Raul dominava a área médica no Rio de Janeiro e isso a incomodava. Melissa queria ser capaz de criar sua própria trajetória, uma que a mantivesse de pé caso tudo ruísse.

Mas um belo dia ela cedeu. A facilidade com que ele se misturava em seu mundo a fez achar que o relacionamento talvez funcionasse.

— O que será de Melissa, Beca? — preocupou-se Mabel.

— Shhh. Fale baixo para ela não ouvir — alertou. — Como ela mesmo disse, na hora certa saberá o que fazer.

O aeroporto estava lotado, nem parecia ser baixa temporada. A quantidade de idiomas diferentes concentrado em um pequeno espaço poderia fazer qualquer um duvidar que estava no Rio de Janeiro, se não fosse pela grande placa desejando boas-vindas. Aos poucos, Rebeca tentava avançar por entre a multidão, enquanto empurrava a cadeira de rodas da amiga. Por questão de segurança, optaram por contratar um táxi credenciado ainda na área de desembarque.

Depois de um tempo, por fim conseguiram cruzar o portão que delimitava a área de desembarque e dirigiam-se para o ponto de táxi, quando ouviram alguém gritar:

— Bem! Benhêe! Mabel!!!

— Rômulo? — espantou-se Mabel, olhando para os lados, tentando identificar de onde aquela voz vinha. Não demorou muito para o marido se materializar na sua frente, sorridente, empunhando um buquê com vinte rosas vermelhas, algumas já murchas.

— O que você está fazendo aqui? — perguntou, espantada. — Como você sabia que eu chegaria hoje?

— Pelo rastreador do celular. Lembra, benzinho, que a gente instalou? Ontem eu vi que você estava em Madri e logo depois no oceano. Deduzi que estava voltando — explicou feliz, até se dar conta de que a esposa estava em uma cadeira de rodas. — O que aconteceu com você? Se machucou? — questionou desesperado. Na ausência de resposta, começou a olhar para as amigas que nada diziam.

Mas Mabel já tinha virado o rosto para não chorar. Fazia anos que ela não ganhava flores do marido, que dizia ser desperdício de dinheiro. Além disso, ele estava todo carinhoso e ela, carente, morrendo de saudades. Por isso, fez uma força descomunal para não ceder até esclarecer os novos termos do relacionamento.

— Vá embora — disse. — Não quero falar com você — completou com a voz embargada, esforçando-se para não desabar.

Melissa deu um cutucão em Rebeca e pediu para ela se afastar. Ainda que aquele não fosse o local mais adequado, ela queria que a amiga tivesse pelo menos um pouco de privacidade para conversar.

— Como eu posso ir embora se os seus olhos me dizem o oposto?

E aquela frase foi o suficiente para fazê-la perder o controle e chorar. Parecia o Rômulo de quinze anos atrás, galanteador, que gostava de poemas e que fazia surpresas românticas em datas especiais.

— Desculpa, benzinho! Me perdoa por tudo o que fiz? Eu fui rude, grosso! Não sei o que passou pela minha cabeça. Deixei a rotina do dia a dia me embrutecer e esqueci do mais importante: você.

Agora Rebeca e Melissa também choravam, abraçadas.

— Você estava tentando resgatar nosso casamento e eu não dei valor. Me perdoa?

— Você me magoou. Muito — enfatizou Mabel, ainda aos prantos.

— Eu sei. Depois que você foi embora, fiquei pensando no esforço que meu benzinho fez para perder a timidez e fazer todas aquelas surpresas pra mim. Me dá mais uma chance? Só uma. Prometo que você irá se surpreender.

Mabel não disse nada, mas acenou com a cabeça. Rômulo então ajoelhou-se ao seu lado e enxugou seu rosto.

— Vamos, então. Me deixa cuidar de você.

Rômulo pegou a bagagem da esposa da mão das meninas e agradeceu.

— Obrigado por ficarem ao lado de Mabel quando eu fui um babaca. Ainda bem que ela tem as melhores amigas. Fiquem tranquilas, agora tudo será diferente — assegurou, despedindo-se das mulheres e empurrando a cadeira de rodas e a mala para longe dali.

Rebeca e Melissa assistiram a amiga se afastar, impedidas de seguir caminho até o transporte que as aguardava. Pela primeira vez, Rebeca ficara sem palavras. A vontade de esganar o marido da amiga evaporou-se diante de tudo o que viu e ouviu. Ainda que os comportamento de Rômulo fosse reprovável, quem era ela para atirar a primeira pedra?

Durante o Caminho de Santiago, leu uma frase escrita em uma pedra que dizia que a vida era como sucessivas reencarnações. *Vamos aprendendo, errando e, com isso, construímos novas versões de nós mesmos*, ela pensou. Vendo aquela cena, a frase começava a fazer sentido, o que a fez perceber que deveria ser mais gentil consigo mesma.

Recuperadas da cena, encaminharam-se para o táxi indicado e, ao entrar, Melissa, por fim, falou:

— Vou ficar na sua casa. A colônia de Lucas só acaba daqui a cinco dias.

Rebeca olhou para amiga. Pensou em dizer alguma coisa, mas percebeu que nenhuma palavra que saísse da sua boca poderia ajudar naquele momento. Melhor seria cultivar o silêncio. A vida que sua amiga tinha construído para si estava esfacelando-se aos seus pés. Ela só desejava que Melissa fosse forte o suficiente para encontrar um novo caminho para seguir.

16

Enquanto dirigia pela Avenida Brasil, às seis horas da tarde, Melissa tentava afastar a culpa que sentia. Como sempre, não avisou Raul que iria ao hospital e tampouco acionou os seguranças, só que dessa vez teve um peso diferente. Faziam exatos doze dias que não ouvia a voz do marido. Em nenhum momento, Raul telefonou ou a procurou. A única notícia que recebia era através de Lucas, que ainda não desconfiava de nada. Perceber que o afastamento foi fácil demais para ele fez uma lágrima escorrer pelo seu rosto, que logo enxugou. Ainda que o casamento tivesse acabado, esperava que ele ao menos lhe procurasse para um pedido de desculpas ou uma conversa civilizada e respeitosa para colocar um fim a tudo aquilo. Perceber que não conhecia mais o marido era mais doloroso do que a traição em si.

Mas em três dias eles se encontrariam. Lucas voltaria da colônia e eles teriam de colocar um ponto-final naquela situação. "Ela não vale a pena", lembrou-se das palavras do sogro, ouvidas na surdina, quando ele foi surpreendido com a informação do casamento. Melissa tentava afastar essa lembrança aleatória enquanto dirigia, mas não conseguia.

Uma pontada no estômago a distraiu e a fez levar uma das mãos ao local em uma tentativa vã de amenizar a dor.

Enquanto estava na casa de Rebeca, tentou organizar sua vida. Para começar, pediu para aumentar a quantidade de plantões no hospital público em que atendia. A maior parte das pacientes particulares a procuravam para dar à luz no hospital do seu sogro. Ainda que ele mantivesse seu acesso, o que duvidava que aconteceria tão logo soubesse do divórcio, não queria encontrar o marido por lá. Seria doloroso demais. E, ainda que tivesse uma boa poupança, nunca se preocupou em comprar uma casa própria. Alugar um apartamento no Leblon, próximo da escola de Lucas, seria caro demais, por isso ela precisava se capitalizar. Melissa sabia o quão doloroso o divórcio era para uma criança e queria que o filho sofresse o menos possível.

Eram quase sete horas da noite quando chegou ao Hospital do Andaraí para seu primeiro plantão. Enquanto pegava, distraída, a mochila emprestada de Rebeca e o jaleco no banco de trás do carro, não percebeu ele se aproximar.

— Mel? — Aquela voz a fez congelar. Talvez fosse um delírio da sua mente. Sacudiu a cabeça, mas ao se virar, foi inevitável não deixar a mochila cair. Era ele, lindo como sempre, apesar de pálido e com manchas escuras embaixo dos olhos. *Deve ser uma miragem*, pensou, já que ele trajava a mesma roupa da época de estudante: calça jeans, camiseta e tênis. O Raul de hoje jamais se vestiria assim.

Certa de que aquilo não era real, recolheu a mochila do chão, ignorou a imagem do homem diante de seus olhos e passou reto. Até que sentiu um calor familiar tocar sua pele.

— Posso falar com você? Por favor? — ele implorou, segurando-a pelo braço. Melissa se assustou e afastou-se. Era ele mesmo, o seu Raul, o homem que mais amou e que a traiu de uma forma tão dolorosa.

— O que você está fazendo aqui? — por fim, reagiu.

Raul a olhava extasiado, como se não visse a esposa há anos.

— Você está diferente. Emagreceu — observou preocupado, até notar os seus cabelos, que desciam cacheados pelos ombros. Insegura, Melissa prendeu o cabelo em um rabo de cavalo. — Está ainda mais linda — continuou. E, como que recuperado do transe, prosseguiu: — Eu sei que esse não é o melhor lugar, mas preciso explicar o que aconteceu.

Melissa lutava para conter as passadas do seu coração que se recusavam a obedecer a seus comandos. Recorrendo ao pouco controle e orgulho que ainda tinha, bradou:

— Então, depois de todo esse tempo, você resolveu dar o ar da graça no meu trabalho para conversar? — perguntou, agora já tomada pela raiva, misturada com alívio. Não saberia identificar ao certo. Raiva, por perceber o efeito que seu toque e palavras ainda tinham sobre ela.

— Você precisava de um tempo e eu não sabia o que fazer.

— Ah! Então o grande Raul também tem momentos em que não sabe o que fazer, quem diria. Para dar ordens, exigir minha presença aqui e ali, definir o que nosso filho pode ou não fazer, o que eu posso fazer, você é a certeza em pessoa — gritou, enquanto as lágrimas represadas por tanto tempo desciam intensas por seu rosto. — Agora, quando é pego no flagra, fica sem palavras e precisa refletir? — questionou.

Raul ficou imóvel, sem saber o que falar para aquela mulher que desabava na sua frente. Melissa esperou por alguma resposta, mas ficou envergonhada ao perceber que ainda ansiava por alguma ação dele, qualquer coisa, um ato que mostrasse que ela era, sim, importante, que valia a pena.

Mas nada aconteceu. Ao constatar a realidade, ajeitou a mochila no ombro, enxugou as lágrimas e seguiu em direção à entrada do hospital. Mas seu percurso foi interrompido por um carro que passou a toda velocidade e estacionou em frente à porta de acesso. De dentro, saiu um marido desesperado que pedia socorro para sua esposa que estava grávida e ferida à bala. Nesse momento, Melissa desligou-se de todos os seus problemas e alertou para que o homem não tirasse a mulher do carro. Gritou para que o segurança pedisse uma maca e a ajuda de qualquer profissional que estivesse disponível.

Enquanto isso, ela se curvou sobre a paciente, tentando identificar de onde vinha o sangue e se existia alguma chance de o bebê ter sido atingido. Ao notar a aproximação de uma enfermeira, disse:

— Mãe em estado crítico devido à perda de sangue e aos danos causados por ferimento à bala no abdômen. Há indícios de sofrimento fetal devido ao trauma. Vamos direto para o centro cirúrgico, e chame o pediatra de plantão.

— Doutora, estamos sem pediatra — preocupou-se a enfermeira. — Ficaram de mandar um substituto, mas ainda não chegou.

Falta de profissionais, Melissa lembrou. Assim como ela, muitos médicos que trabalhavam em hospitais públicos da cidade não eram concursados, mas contratados por uma organização que prestava serviço aos hospitais. Uma bela forma de o governo economizar recursos, mas que era o caos quando a organização contratada não conseguia médicos o suficiente por conta do escasso valor que ela pagava. Parece que só ela estava disposta a ganhar pouco naquela noite.

Melissa olhou para a enfermeira e, segurando a maca velha com sinais de ferrugem, deu-se conta de que estava sozinha e precisava tomar uma atitude.

— Droga, não vai dar para esperar. Temos de tirar o bebê logo! — praguejou, preocupada. Ela sabia que não teria condições de dar atenção ao bebê enquanto cuidava da mãe. A possibilidade de perdê-lo a deixava frustrada, essa era a realidade dos hospitais públicos que ela não aceitava.

— Eu posso ajudar! — gritou Raul, se aproximando. — Deixe-me ajudar.

A enfermeira olhou pasma para aquele homem e estava pronta para intervir, dividida entre o alívio por ter alguém que pudesse ajudar e a desconfiança por saber que essa prática não era permitida. Já tinha visto colegas serem desligados por muito menos. Ficou mais tranquila quando Melissa tomou a dianteira e disse:

— Tem certeza? Faz muito tempo que você não entra em uma sala de cirurgia. — Esquecendo-se momentaneamente de toda a mágoa e dos assuntos pendentes. Ali, ele era apenas o dr. Raul, um profissional que poderia ajudá-la a salvar a vida da mãe e do bebê.

— Eu consigo. — E, sem ao menos receber uma autorização formal, ajudou a colocar a paciente na maca e seguiu a caminho do centro cirúrgico, prestes a assumir um papel que julgava não fazer mais parte da sua vida.

— Como está o bebê? — perguntou Melissa à enfermeira assim que terminou de estabilizar a paciente. Foi necessária uma cesariana de emergência. Ela mal teve tempo de olhar para o bebê, passando-o para Raul, preocupada em conter a hemorragia da mãe.

— Está bem, fora de perigo. O tiro pegou de raspão no bracinho, mas o dr. Raul cuidou de tudo — disse. — Não sabia que vocês tinham estudado juntos.

Melissa não respondeu. Depois de cinco horas de cirurgia, estava cansada. Feliz, pela vida da paciente e seu bebê, mas cansada.

— O pediatra de plantão já chegou? — desconversou.

— Sim. Mas o dr. Raul ainda está lá, disse que faz questão de passar o relatório para você.

— Mas onde é que ele pensa que está? — explodiu Melissa. — Em um hospital cinco estrelas? Por que ele não passa o caso para o titular do plantão?

Ao perceber que se excedeu, pediu desculpas à enfermeira e seguiu em direção à UTI Neonatal. Parou quando o viu ali, mexendo na incubadora, de avental, touca e luvas. Fazia anos que não o via assim. Perdeu noção de quanto tempo ficou ali, observando. Somente saiu do transe quando Raul levantou a cabeça, olhou para ela e sorriu. Aquilo a quebrou por dentro. E, sabendo que não iria resistir, desviou o olhar e saiu correndo em direção ao conforto médico.

Sim, ela sabia que estava fugindo. Estava cansada de sofrimento, dores e incertezas. Por isso, faria de tudo para se proteger, ainda que fosse dela mesma. Sabia que precisava conversar com Raul e colocar um fim naquilo. Precisava de um encerramento oficial para ter a chance de um recomeço.

De pé, com as mãos na cintura e mirando o teto encardido do pequeno quarto, ela tomou coragem para fazer o que tinha de ser feito. Foi até o banheiro, molhou o rosto com a água gelada que saía da torneira descascada e ajeitou o cabelo que estava emaranhado por baixo da touca. Estava dirigindo-se à porta, quando ouviu duas batidas.

Ele ainda estava usando o uniforme da emergência, grande demais para seu tamanho. Com o cabelo bagunçado, segurava dois copos de café preto.

— Será que podemos conversar agora? — perguntou.

Mais calma e conformada, Melissa respondeu:

— Sei que precisamos conversar, mas não agora, Raul. Estou no meio do expediente.

Ele assentiu.

— Você tem razão. Onde estou com a cabeça? Passei pelo ambulatório e está bem cheio hoje.

Ela apenas concordou. Para ter o que fazer com as mãos, que se contorciam em agonia, aceitou o copo de café e bebeu um gole.

— Antes de deixar você ir, gostaria de agradecer. Obrigado.

Melissa olhou para ele sem entender nada.

— Tinha esquecido o quanto isso é bom. Salvar vidas, ajudar os outros. Por um momento, achei que não fosse dar conta, mas o corpo começou a agir sozinho, como se lembrasse tudo o que precisava ser feito naquele momento. — Sorriu daquele jeito que a derretia.

Melissa conteve a vontade de abraçá-lo. Desviou o olhar para o chão, em uma tentativa de disfarçar a sua emoção. Apesar de tudo, estava feliz por saber que ele se sentia assim.

— Vamos conversar quando você estiver pronta. Durante esses dias, estarei em casa o dia todo. Se puder, pode passar lá depois do trabalho?

Melissa não respondeu. E Raul não exigiu uma resposta. Com um sorriso nervoso no rosto, disse:

— Eu errei, Melissa. Mas não pelo que você está pensando. Sei que estou atrasado, mas espero merecer a chance de explicar o quanto antes o que aconteceu. — E se afastou, deixando-a sozinha com seus pensamentos.

17

Tardou dois dias para que Melissa tivesse coragem de rumar à sua antiga casa. Tentava prorrogar o improrrogável. Durante esse tempo, passou as noites insones, pensando nas últimas palavras de Raul. Ainda que tudo fosse um engano, que ele não a tivesse traído, será que conseguiria voltar para a antiga vida? Frequentando aquelas reuniões intermináveis onde não conseguia se conectar com ninguém? Voltar a sustentar uma imagem de perfeição, que era extremamente desgastante e cansativa? Não, ela não queria mais aquele tipo de vida. Por isso, ainda que Raul não tivesse nenhuma culpa, ela sabia que tinha acabado.

Raul também não ligou, mas mandou mensagem. Reforçou que ainda estava esperando até que ela estivesse pronta. Enquanto isso, Melissa aproveitava da ausência do filho para continuar na casa da amiga e tentar organizar a nova rotina, ou o que seria dela. Pesquisou alguns apartamentos em Botafogo que, apesar de pequenos, poderiam ser confortáveis para seu novo estilo de vida. Pensou também em vender seu carro e comprar outro menor. Apesar de toda a proteção conferida pela blindagem, achava que a sua Land Rover chamava muita atenção. Melhor usar um modelo mais módico, cuja manutenção fosse acessível. Eram muitas contas, muitas decisões e mudanças que sequer estavam no seu radar.

Por isso, quando chegou em frente à casa, naquele fim de tarde, optou por não entrar de imediato. Caminhou pelo gramado e sentou-se nas escadas que davam acesso à entrada principal. Ficou admirando o céu, que começava a mudar de cor, ganhando aquele tom rosa alaranjado de que tanto gostava.

Fechou os olhos, decidida a tocar a campainha da casa que um dia fora sua, quando sentiu seu cheiro, uma mistura de madeira com terra molhada. Ainda assim, não se mexeu; permaneceu parada, como se fosse possível ganhar mais alguns minutos antes do fim.

— Você não quer entrar? — ouviu, por fim, ele dizer.

Não dá mais para adiar, pensou. Abriu os olhos e deu um meio sorriso.

— Já vou — mentiu. — Queria aproveitar essa luz, depois de ficar o dia todo dentro de um hospital — complementou, sem coragem de olhar para ele.

Por alguns minutos, nada disse. Com a velocidade que lhe é peculiar, não tardou para o laranja ganhar força e sumir enquanto a escuridão avançava.

— É sempre assim — disse Raul. — O espetáculo nunca dura muito tempo.

— Você sempre dizia isso — lembrou-se Melissa.

— Verdade — confirmou. — Tem tanta coisa que eu deixei de ser e fazer que me envergonho.

Melissa parou de mirar o céu e finalmente olhou para ele.

— Quando foi que tudo mudou, Mel? Quando foi que eu mudei? Como pude ter errado tanto?

— Não se cobre assim. Eu também mudei — surpreendeu--se por confessar.

— Não, você não mudou. Apenas... — E interrompeu a fala enquanto pensava nas melhores palavras. — Você apenas tentou sobreviver em uma realidade que impus, e se esforçou para ser feliz. Para me fazer feliz, apesar de tudo.

Pronto, agora acabou, pensou Melissa. Ele também não queria mais.

— Eu não te traí, Mel, pelo menos não da forma como você pensa. Eu nunca tive nada com ela. Confesso que me aproveitei da admiração que ela tinha por mim, o que nos levou àquela situação. Ela derramou café na minha camisa, subiu aturdida para me ajudar e... — Respirou fundo. — o resto você viu.

Com a cabeça baixa e fazendo esforço para continuar, prosseguiu:

— Eu estava encantado com aquela leveza, mas não por ser ela, acredite em mim — implorou. — E demorou para eu entender que era isso. Demorou para eu entender o que eu fiz e por que eu fiz. Por isso não entrei em contato com você antes. Achava que, no mínimo, você deveria saber a verdade.

Melissa continuava calada, esperando. Raul virou-se de frente para ela. Com a mão trêmula, ajeitou uma mecha de cabelo cacheado que tinha escapado do rabo de cavalo e continuou:

— Sempre amei seu cabelo assim. Acho que nunca te disse isso antes.

Melissa se retraiu, agora confusa, incerta de onde aquela conversa iria dar.

— Sempre amei a sua espontaneidade, a forma como você se dedica aos seus pacientes, e eu sabia que a cada pedido atendido do meu pai, para que você se dedicasse menos a esse lado humanizado da medicina, eu te matava um pouquinho.

Aturdida, Melissa sussurrou:
— Eu não entendo. O que você está dizendo?
— Eu estou dizendo, Mel, que essa é a minha grande culpa. A pior de todas. Eu não cumpri aquela promessa que te fiz na Pedra do Arpoador, se lembra?
E como ela poderia esquecer? Eles tinham acabado de voltar de lua de mel e Raul foi intimado pelo pai a largar os atendimentos no consultório para se dedicar à parte administrativa. Preocupada com a forma como isso poderia afetar o marido, Melissa perguntou se não tinha nada que eles pudessem fazer para mudar isso, já que não era o que Raul queria, ao que ele respondeu:
— Enquanto você estiver do meu lado, segurando minha mão e sorrindo desse jeito, tudo vai dar certo, Mel. O que é importante não vai mudar, eu te prometo.
Só que tudo mudou. Não de repente. A conta-gotas. A cada dia, uma concessão para tentar aliviar a rotina do marido, para se sentir mais pertencente ao lugar onde agora habitava ou para tentar fazer o sogro gostar mais dela. Não foi nada abrupto, mas foram caminhos que foram se mostrando e que, naquela época, pareciam ser os únicos. Eles iam tentando se adaptar, até que restou pouco do que um dia foram.
— Mas se você deixar — ele continuou, agora segurando suas mãos —, eu quero tentar de novo, fazer diferente. Eu te amo, Mel, nunca deixei de te amar. Não posso pensar em uma vida onde não exista você.
Assustada, Melissa soltou as mãos. Já não enxergava nada, as lágrimas nublavam sua visão.
— Como poderia ser diferente, Raul? Você tem suas obrigações, tem a sucessão. Eu não consigo, ou melhor, eu não quero voltar para aquela vida. Desculpa, mas eu não posso.

E enxugando as lágrimas que lavavam seu rosto, Raul disse:

— E eu não quero que você volte. Quero que você seja você. Que faça o que te dá prazer. Que me deixe louco saindo escondida de madrugada pela Avenida Brasil sem nenhum segurança — disse, rindo.

— Você sabia? — perguntou, estupefata.

— Sempre, Mel. Os carros têm rastreador, não se lembra?

— Mas por que você nunca disse nada? Eu... eu... — não conseguiu concluir, dominada pela vergonha que sentia.

Raul baixou a cabeça, levou uma das mãos aos cabelos e, depois de uma longa pausa, confessou:

— Eu não falei nada porque eu sabia que te obrigava a mentir. E sentia culpa por conta disso, mas não sabia como sair dessa confusão em que me meti.

Sentindo-se aliviada por todas as mentiras que contara, Melissa disse:

— Mas isso não muda nada. Não tem como você vencer essa eleição sem que toda família embarque com você.

— Não tem mais eleição, Mel.

— Como? Impossível! Seu pai nunca deixaria — afirmou.

O destino de Raul fora traçado antes mesmo de ele nascer. Antes mesmo de os pais saberem o gênero do filho. O mesmo que ocorreu com seu pai, avô e bisavô. Eles eram criados para isso, para preservar o legado da família. E toda nova adição, novos parceiros e casamentos eram analisados de forma criteriosa. Algumas flexibilizações foram feitas ao logo das décadas. Os casamentos arranjados foram trocados por escolhas afetivas, mas, ainda assim, existiam algumas regras. Como a necessidade de o parceiro se adequar ao que era esperado naquele ambiente.

— Verdade. Mas eu não preciso que ele deixe — afirmou. — Depois que você me deixou, eu fui ao inferno e voltei. Já estava decidido a deixar essa corrida, mas depois daquele parto, daquele atendimento no hospital ao seu lado, tudo ficou claro pra mim. Voltarei para o consultório e manterei o cargo de diretor, se meu pai desejar. Mas apenas isso. Não sou obrigado a assumir o legado dele. O que me importa agora é o nosso caminho.

Melissa se afastou. Já não podia ficar próxima do marido, estava agitada, sem saber como processar todas aquelas confissões. Era tudo o que sempre quisera ouvir, mas ainda assim...

— Eu não sei.

— Não precisa responder nada agora — interrompeu, com medo de que ela negasse ali mesmo. — Sei que não será fácil me perdoar, esquecer tudo o que aconteceu. Só te peço que me dê uma chance, Mel. Por tudo aquilo que um dia sonhamos.

O espaço ficou muito pequeno para os dois. Ainda que estivessem ao ar livre, no jardim da casa, Melissa sentia o ar faltar e por isso se afastou ainda mais. A Raul nada restou além de olhar, impotente, enquanto ela andava de um lado para o outro, ora olhando para o céu, ora olhando para a terra.

Até que, finalmente, ela parou, virou-se em sua direção e se aproximou.

— Não, Raul — disse por fim.— O problema não é apenas esse. A verdade é que eu nunca fui o suficiente para a sua família, para o seu pai, e eu não quero mais me sentir assim.

— Não diga isso, Mel.

— Não me interrompa, por favor — implorou, agitada. — Ao te ouvir, confesso que fiquei balançada, mas esse não é o maior dos nossos problemas. Eu fui diminuída por seu pai ao longo desses anos, e você não fez nada.

— Eu já pedi desculpas — ele interrompeu.

Em um impulso, tentou-se aproximar e segurar suas mãos, o que foi negado.

— Mas isso não muda o que eu senti. O que eu sinto — confessou. — Agora vejo que o problema maior não foi me adequar à rotina, aos eventos, às formalidades — ponderou, assustada pela clareza dos seus sentimentos. — O que me quebrou, Raul, foi quando você desistiu de mim, viu que não valia a pena entrar em conflito com seu pai por minha causa e parou de me defender toda vez que seu pai me diminuía na frente de outras pessoas e do nosso filho.

Raul ouvia aquela confissão assustado.

— Você não precisa mais vê-lo — tentou argumentar.

— Você está fazendo de novo, não percebe? Você vai me isolar do seu pai? Ignorar as coisas escabrosas que ele fala de mim e que alimenta o fuxico nos eventos? Por quê, Raul? Eu não valho a pena?

— Não é isso, Mel, eu quero te proteger, não quero que sofra de novo — insistia.

Mas Melissa não parou e, sem perceber, começou a rir.

— Se for para ficar escondida, ou protegida, como você diz, eu passo — confessou, com o coração leve pela primeira vez em muito tempo. — Eu não quero me encaixar, Raul, é essa a alternativa que você está me dando. Não nego o amor que você diz ter por mim, mas não me basta. Quero ser amada com tudo o que tenho direito. Quero que você tenha orgulho de mim, que não questione, nem por um milésimo de segundo, em se colocar ao meu lado sempre que algo der errado, sempre que alguém falar de mim, mesmo que seja seu pai. Eu quero e preciso ser a prioridade de alguém, você entende?

— Por favor, Mel, nada disso faz sentido sem você.

Melissa olhou para o marido e viu-se chorando outra vez. Será que ela teria coragem para seguir em frente?

— Vamos entrar — disse por fim. — Precisamos combinar o que diremos para o Lucas.

18

Rebeca se olhava no espelho admirando seus fios grisalhos. Uma presilha com pedras prendia a lateral do cabelo e combinava com o vestido creme que vestia.

Mabel tentava convencê-la a colocar uma sapatilha para completar, mas ela se recusava.

— Tem de ser uma coisa velha — dizia. — Vai essa rasteirinha mesmo. Ela é linda, além de ser super confortável.

— Falta alguma coisa azul — lembrou Melissa. — Toma — disse, entregando um par de brincos de safira, do azul mais profundo que ela já vira. — Aliás, essa pode ser a coisa azul e emprestada.

Rebeca olhou para a caixa emocionada e de imediato trocou o brinco que usava. Ela se lembrava muito bem daquela joia, presente de noivado que a amiga ganhara de Raul no dia em que ele pediu sua mão. Pensar no quão difícil seria para Melissa reviver esses momentos em um dia como hoje a fez amar ainda mais a amiga.

— Nem acredito que nossa Beca vai se casar — celebrou Mabel.

— Epa, epa, epa, isso não é um casamento. É uma cerimônia celta — corrigiu.

Ainda avessa à formalidades como o casamento, Rebeca recorreu à vivência do Caminho de Santiago e toda a sua magia para realizar um rito diferente. Ainda que aquilo ali estivesse bem longe de ser uma cerimônia celta original.

— E como anda a comunicação de vocês? — perguntou Mabel. Spaghetti arranhava apenas umas palavras em português e Rebeca não parecia ter evoluído no francês. O inglês dela era tão sofrível que o mais fácil era manter a conversa restrita ao básico usando portunhol ou tradutor.

— E quem disse que a gente precisa falar muito? Mas aprendi umas palavrinhas bem interessantes em francês que são o suficiente para fazer nosso relacionamento funcionar — enfatizou na certeza de que deixaria a amiga desconcertada.

Mas aquelas piadinhas não colavam mais com Mabel. Desde que voltara da Espanha, muita coisa mudou em seu relacionamento, que deixou de ser morno, como as amigas diziam. Além disso, o reconhecimento profissional a fez sentir-se autoconfiante. Enquanto estavam na viagem, Martina criou e alimentou o seu perfil do Instagram, que viralizou, em especial por conta da descrição no perfil que dizia "Perfil monitorado pela filha", e do primeiro *post*, em que, com uma foto de Mabel de perfil, tirada às escondidas, guardando um livro na pequena estante da sala, ela dizia:

"Oi, gente! Esse aqui é o insta da minha mãe. Ela morre de vergonha de postar os vídeos dela, acredita? Fica falando que tem coisa errada no cabelo, no rosto... Mas eu acho ela *maravilhosa*! Não acham também?

"Aqui, ela vai contar umas histórias super legais, daquelas que rolam nos bastidores. Foi por causa disso que eu comecei a curtir Machado de Assis e *Dom Casmurro*. No começo, eu achava um tédio! Mas depois que entendi por que ele escrevia daquele jeito e como era a sociedade naquela época, fiquei viciada!

"Tenho certeza que você também vai amar essas histórias. E aí, tá pronto? Bora nessa juntos?"

Martina mantinha uma rotina de três *posts* semanais, usando o conteúdo deixado pela mãe, mas incrementando na edição dos vídeos e texto de legenda. Não demorou muito para Mabel dar entrevistas em programas de TV e, inclusive, no jornal onde trabalhara. O mundo dava voltas.

Quando Davi se aproximou da noiva, para fazer os últimos ajustes, Mabel se afastou, percebendo o quão desgastante seria aquela finalização feita por titãs: Davi insistia em um estilo, enquanto Rebeca pedia outro. Davi só não tinha sido expulso dali porque os hormônios da noiva estavam sob controle. Ou quase.

— Como você está? — perguntou à Melissa, ao decidir juntar-se à amiga no pequeno sofá.

— Melhor — admitiu. — A cada dia que passa, fica menos sofrido.

Mabel assentiu. Fazia oito meses que Raul e Melissa estavam separados, vivendo em apartamentos diferentes. No final, ninguém ficou naquela casa imensa. Decididos a recomeçar, os dois tornaram-se vizinhos em um prédio no Leblon. Ainda que o endereço fosse exclusivo e os custos mantidos por Raul, o espaço era mais simples do que a antiga casa.

Morar separados possibilitou novas experiências. Tanto Raul quando Melissa estavam resgatando uma etapa das suas vidas, descobrindo gostos, vivendo de forma mais leve, sabendo que não teriam que abrigar jantares e eventos. Em um dos quartos, Raul colocou uma bateria e outros instrumentos sob a justificativa de incentivar o filho a adquirir hábitos musicais. Mas, na realidade, ele se dedicava às aulas particulares semanais, um hobby que não era permitido por seu pai na juventude. Já Melissa, deixou de lado os arquitetos da moda, com seus móveis premiados e optou por um espaço aconchegante, onde ela podia curtir os momentos de descanso.

Mas o melhor de tudo é que esse arranjo funcionou para Lucas, que transitava pelos dois apartamentos e parecia não se incomodar com a separação dos pais. De início, Melissa tinha definido os dias em que cada um poderia ficar com o filho. Mas essa dinâmica foi por água a baixo quando o filho, por conta da proximidade física com os dois, criava situações em que todos terminavam juntos, seja para ver o resultado de uma prova ou decidir sobre algum projeto que culminava em uma refeição em família.

Melissa sabia que o fato de não terem dado entrada no papel do divórcio era o que dava esperança ao filho. Mas ela ainda não estava preparada para esse passo. Como também não estava preparada para voltar. Raul tampouco a pressionava. Conforme prometera, construía uma nova vida cada vez mais longe do império do pai. Ainda mantinha o cargo de diretor, de forma meramente figurativa. Na maior parte do tempo, Raul poderia ser encontrado no consultório que abrira ou em um dos hospitais onde dava plantão. Quando não estava trabalhando, ele orbitava entre ela e o filho, fazendo-se presente e garantindo que tudo estivesse bem.

— Mas não precisa ser assim, você sabe, né?

— Sim, eu sei — admitiu. — Só preciso de mais tempo.

Mabel não insistiu. Ela apoiaria a amiga, independente da decisão tomada. Seu único desejo era que ela fosse feliz.

E, considerando tudo o que tinha feito desde que tinham regressado daquela viagem, tinha certeza de que ela estava indo na direção correta.

— Vamos? — gritou Rebeca. — Pelo amor de Deus! Imagino que a essa hora Pierre tenha desistido. Estamos atrasadas há quanto tempo?

Mabel levantou-se do sofá, olhou para o relógio do celular e tranquilizou a amiga. Spaghetti nunca desistiria de Rebeca. Em oito meses ele ficou mais tempo no Rio do que em qualquer outro lugar do mundo. O fato de o time não estar em nenhum campeonato importante ajudou muito, mas não que isso importasse. Spaghetti era o homem mais devotado e carinhoso que conheceu. Nenhum ataque de fúria de Rebeca o tirava do prumo; na verdade, ele sempre sorria e dizia *"Tout va bien"*.

— Não estamos atrasadas, Beca, estamos adiantadas. É muito cedo para ir. Só precisamos atravessar a rua. Melhor esperar o pessoal chegar.

— Pierre já chegou?

— Claro que sim. Ele já está há mais de uma hora debaixo daquele toldo. Coitado, deve estar todo suado a uma altura dessas — comentou Melissa.

— Então, vamos! Se ele já está aqui e vocês também, eu não preciso de mais ninguém.

⚜

O sol começava a baixar no horizonte, fundindo-se com o mar. Em um pequeno púlpito decorado com flores brancas e tochas acesas estava Rebeca, olhando com ternura para Pierre enquanto o cerimonialista informava a hora da leitura dos votos. Eles não tinham preparado nada original. Durante o Caminho de Santiago, Rebeca se encantara por uma oração esquecida em um banco de uma igreja centenária. Ela, que nunca tinha sido religiosa, guardou aquele pequeno pedaço de papel na mochila, para meses depois descobrir que aquelas palavras em espanhol era uma antiga oração celta. E a mais bonita que já tinha visto em toda sua vida.

Sua mão tremia enquanto segurava o microfone. Já não parecia ser uma boa ideia fazer os votos pelos dois, poupando Pierre de decorar aquelas frases em português. Percebendo sua angústia, seu futuro marido segurou sua mão e repetiu a frase que lhe era característica *"Tout va bien"*.

Com um fiapo de voz, Rebeca começou:

— Que jamais, em tempo algum, teu coração acalente ódio. Que o canto da maturidade jamais sufoque tua criança interior. Que teu sorriso seja sempre verdadeiro. Que as perdas do teu caminho sejam sempre encaradas como lições de vida.

Mas foi impossível continuar e sustentar o microfone. Todo o corpo de Rebeca tremia. Olhou para suas amigas que, preocupadas, fizeram menção de se aproximar do pequeno púlpito, mas desistiram tão logo Pierre a abraçou. Era impossível para Rebeca não lembrar da sua mãe, do seu pai e de tudo o que passou até chegar ali, naquele momento. Todas aquelas lembranças que queria esquecer, que fossem embora carregadas pelo vento, transformadas em areia, vieram à tona. Ainda mantendo um braço nas costas de Rebeca, Pierre retirou um lenço do bolso do seu paletó, enxugou as lágrimas da noiva e beijou sua testa.

Com ternura, retirou o microfone de sua mão e, com um português surpreendentemente inteligível, continuou pela amada:

"Que a música seja tua companheira de momentos secretos consigo mesmo.

Que teus olhos sejam dois sóis olhando a luz da vida em cada amanhecer.

Que cada dia seja um novo recomeço, onde tua alma dance na luz.

Que cada um de teus passos deixe marcas luminosas de tua passagem em cada coração.

Que em cada amigo, o teu coração faça festa e celebre o canto da amizade profunda que liga almas afins.

Que em teus momentos de solidão e cansaço, esteja sempre presente em teu coração a lembrança de que tudo passa e se transforma quando a alma é grande e generosa.

Que teu coração voe contente nas asas da espiritualidade consciente, para que percebas a ternura invisível tocando o centro do teu ser eterno.

Que um suave acalanto te acompanhe, na terra e no espaço, e por onde quer que o imanente invisível leve o teu viver.

Que teu coração sinta a presença do inefável.

Que teus pensamentos e teus amores, teu viver e tua passagem pela vida sejam sempre abençoados por aquele amor que ama sem nome, que não se explica, mas que só se sente.

Que esse amor seja teu acalanto, viajando eternamente no centro do teu ser.

Que respondas ao chamado do teu dom e encontres a coragem para seguir-lhe o caminho.

Que o ardor do coração mantenha flamejante tua presença em tudo, e que a ansiedade jamais te ronde.

Que tua dignidade exterior reflita a dignidade interior da alma.

Que tenhas vagar para celebrar os milagres silenciosos que não buscam atenção.

Que sejas consolado na simetria secreta de tua alma.

Que sintas cada dia como uma dádiva sagrada tecida em torno do cerne do assombro.

Que a estrada se abra à tua frente.

Que o vento sopre de leve às tuas costas.

Que o Sol brilhe morno e suave em tua face.

Que a chuva caia mansa em teus campos.

E até que nos encontremos de novo, que os deuses te guardem na palma das mãos.

Que teu viver seja pleno de paz e luz."

E quando as últimas palavras foram proferidas, nenhum convidado, nem mesmo o cerimonialista, podia conter a emoção. Aquele pequeno trecho da praia fora dominado pelo silêncio. Agora eles estavam casados, unidos pelas almas, tendo como testemunha todos os elementos da Terra, o Universo e aquelas pessoas essenciais para suas vidas.

Enquanto os noivos trocavam as alianças, Melissa não pôde evitar olhar para Mabel, abraçada a Rômulo. Difícil não pensar em amor, perdão e recomeço, depois de ouvir e sentir a força que aquela oração emanava. Involuntariamente, procurou por ele, ainda que não tivesse sido convidado. Naquele momento, enquanto as palavras ressoavam tão forte em seu peito, ela não conseguia conter a profusão de emoções que a dominavam. Não era mais tempo de ter medo, de adiar todas as alegrias que estavam por vir por conta de temores tão mundanos.

Impaciente, esperou os noivos passarem pelo pequeno caminho de areia, onde eram saudados com uma chuva de arroz. Mas seus olhos não estavam fixos na amiga. Agora, ela olhava para o passeio da praia, na vã esperança de que Raul pudesse estar em casa, perto dali.

Foi então que o viu, na areia, ao lado de outros curiosos que presenciavam aquele casamento tão inusitado. Tentando se misturar com outros banhistas, mas mantendo a formalidade que o momento pedia, trajando uma calça e uma camisa social. E foi no exato momento em que sua amiga passava por ela que Melissa saiu correndo, sem pensar no que estava fazendo. Naquele instante, ela era puro instinto.

Rebeca olhou preocupada para Mabel, mas, ao perceberem a quem Melissa se dirigia, sorriram.

Ofegante, a médica parou diante de Raul.

— Desculpe, não queria invadir o casamento — ele se justificou.

— Não fale nada — interrompeu Melissa enquanto se aproximava e tapava a boca de Raul com a mão. — Deixa eu falar enquanto meu coração ainda domina minha razão. Deixa eu falar enquanto esse sentimento ainda está tão intenso dentro de mim.

Raul nada disse, mas os olhos contavam tudo.

— Eu nunca deixei de te amar, Raul. Eu estava com medo. Mas, nesse momento, nada supera o pavor que tenho de ficar sem você.

Raul puxou Melissa para um abraço apertado e suspirou profundamente, aspirando aquele perfume que lhe era peculiar.

— Que saudades eu estava de você. Que saudades do seu cheiro... Era tão difícil te ver todos os dias e não te ter.

Melissa retribuiu o abraço, permitindo-se ser confortada.

— Eu não quero te prometer nada, não posso — disse, inseguro, abraçando-a ainda mais forte. — Mas posso garantir que todo dia será um recomeço.

— Isso é o suficiente para mim — confidenciou, olhando para cima, em busca dos olhos do seu amor. — Agora eu sei.

Do outro lado da praia, gritos foram abafados pelo vento. Rebeca e Mabel vibravam, pulavam e abraçavam-se chamando a atenção dos demais convidados, que também pararam para admirar a cena, ainda que nada entendessem.

Depois de um longo e tenebroso inverno, a vida finalmente voltava aos trilhos, com um novo recomeço para todas elas. Demorou, mas com paciência, todas encontraram o caminho de volta. E cada uma do seu jeito.

FIM

Agradecimentos

Nenhum livro nasce sozinho, e este não poderia ser diferente. Como em todos os outros, também traz uma pitada de autobiografia, dos dilemas que vivi, mas são as pessoas e suas histórias minha maior fonte de inspiração. Uma frase, uma expressão, um sentimento que marcou em algum momento podem se transformar em cena. É incrível como pessoas comuns podem ter vidas extraordinárias, e é por isso que meu primeiro agradecimento vai para meus amigos, colegas, família e também para aqueles que, mesmo que brevemente, passaram pela minha vida.

Angelita Feijó, muito obrigada por aplacar as minhas inseguranças. É a segunda vez que conto com seu apoio na leitura crítica. Ter alguém tão competente como você, analisando minha obra e dando dicas valiosas, aplaca a sabotadora que habita em mim.

Assim que finalizei a escrita, contei com o apoio dessas mulheres incríveis, que leram o texto ainda cru, sem nenhuma correção: Ursula Coli, Marilia Lobo e Tatiana Amaral. Muito obrigada pela generosidade de lerem meu manuscrito e pelas sugestões valiosas que enriqueceram ainda mais o processo.

Ao meu marido e aos meus filhos, pela paciência e apoio incondicional, sempre compreendendo quando preciso me isolar para escrever. Eles sabem que a inspiração, muitas vezes, surge nos momentos mais inesperados.

Sou grata, também, aos meus pais, irmãs e tios, que sempre me apoiam e leem com tanto carinho e dedicação tudo o que escrevo. À Tati Seibel, que me motiva constantemente perguntando quando sai o próximo livro e já reserva exemplares — você não tem ideia de como esse gesto me impulsiona.

Por fim, e de maneira mais tocante, agradeço aos leitores que fui conquistando ao longo dessa jornada. É emocionante saber que meus livros tocaram suas vidas. Toda vez que leio uma resenha ou recebo uma mensagem, meu coração se enche de gratidão. O fato de vocês dedicarem parte do seu tempo precioso para mergulhar nas minhas palavras é uma honra imensa. Obrigada!

FONTE Adobe Caslon Pro, Capellina
PAPEL Polen Natural 80g/m²
IMPRESSÃO Meta